魔法科高中的劣等生 29
The irregular at magic high school
追蹤篇〈下〉
佐島 勤
Tsutomu Sato
illustration／石田可奈
Kana Ishida
illustrator assistant／ジミー・ストーン、末永康子

KEYWORDS

「幽體消散」

這是和寄生物交手屢次陷入苦戰的達也終於開發的新魔法。可以將靈子情報體徹底逐出這個世界。
至今達也使用的是將情報體封入想子球體的無系統魔法「封玉」，該魔法的效果是暫時性的，須由精神干涉系魔法天分卓越的其他魔法師進行追加的封印處置。
不過，達也和艾克圖魯斯交戰時得知，精神體（靈子情報體）為了存在於這個世界，必須以想子情報體為媒介連結到世界。觀測精神體活動伴隨的情報變化，逆向掌握到被運用為連接媒介的想子情報體加以破壞，就能將精神體完全從這個世界切離。
達也創造的這個魔法，就是靈子情報體支持構造分解魔法「幽體消散」。

忍術的衰退

忍術是自古以來（電子機器尚未發明的時代）的諜報與暗殺技術。
雖然「忍術」擅長的領域是精神干涉系的幻覺魔法，但是電子機器（在魔法師界是CAD）的普及，使得魔法的發動變得迅速又確實，因此「忍術」即使在諜報領域也逐漸被排除。
雖然「忍術」的實用性不如現代魔法，但現在依然有一群古式魔法師是頂尖的忍術使。
例如名門藤林家的當家藤林長正（藤林響子的生父）或是達也師事的當代最強忍者九重八雲都名列其中。

SMAT

日本某個特殊魔法突擊部隊的簡稱。警界內部的戰鬥魔法師集團，由前年「橫濱事變」痛感無力的警方經過反省所組織而成。

莉娜的擔憂

STARS隊長安吉．希利鄔斯少校——莉娜。為了逃離化為寄生物的STARS隊員們而逃亡到日本。
在達也仲介之下藏身在巳燒島的她有個牽掛。就是協助她離開USNA之後向軍方投降的班哲明．卡諾普斯少校。卡諾普斯現在被監禁在中途島監獄，那裡是為了囚禁強力魔法師所建造，孤立無援而且不可能逃離的軍事收容所。
莉娜的願望是從中途島救出卡諾普斯少校。她探詢達也提出營救的委託，代價是答應以魔法師安吉．希利鄔斯的身分提供戰力協助。

「九重八雲，絕對不准你妨礙我！」
司波達也
司波兄妹的哥哥。就讀第一高中三年E班。認知自己身為「守護者」必須保護妹妹深雪，除此之外達觀一切。
九重八雲
古式魔法「忍術」的傳承者。達也的體術師父。被譽為果心居士再世，別名「今果心」。

找出名為「死靈」的靈子情報體
為了存在於這個世界所需要的立足點，
然後將其破壞，分解！
「靈子情報體支持構造分解
『幽體消散』，發動！」

魔法科高中的劣等生 29

The irregular at magic high school

追蹤篇〈下〉

背負某項缺陷的劣等生哥哥。
一切完美無瑕的優等生妹妹。
這對兄妹就讀魔法科高中之後，
風波不斷的每一天就此揭開序幕——

佐島 勤
Tsutomu Sato
illustration
石田可奈
Kana Ishida

Kadokawa Fantastic Novels

Character
登場角色介紹

司波達也

就讀於三年E班。達觀一切。
妹妹深雪的「守護者」。

司波深雪

就讀於三年A班，達也的妹妹。
前年以首席成績入學的優等生。
擅長冷卻魔法。溺愛哥哥。

西城雷歐赫特

就讀於三年F班，達也的朋友。
二科生。擅長硬化魔法。
個性開朗。

千葉艾莉卡

就讀於三年F班，達也的朋友。
二科生。
可愛的闖禍大王。

柴田美月

就讀於三年E班，達也的朋友。
罹患靈子放射光過敏症。
有點少根筋的認真少女。

吉田幹比古

就讀於三年B班，出自古式魔法名門。
從小就認識艾莉卡。

光井穗香

就讀於三年A班，深雪的同班同學。
擅長光波振動系魔法。
一旦擅自認定後就頗為一意孤行。

北山 雫

就讀於三年A班，深雪的同班同學。
擅長振動與加速系魔法。
情緒起伏鮮少展露於言表。

里美 昴

就讀於三年D班。
宛如美少年的少女。
個性開朗隨和。

英美・艾米莉雅・格爾迪・明智

就讀於三年B班，隔代混血兒。
平常被稱為「艾咪」。
名門格爾迪家的子女。

櫻小路紅葉

三年B班，昴與艾咪的朋友。
便服是哥德蘿莉風格。
喜歡主題樂園。

森崎 駿

三年A班，深雪的
同班同學。擅長高速操作CAD。
身為一科生的自尊強烈。

十三束 鋼

就讀於三年E班。別名「Range Zero」（射程距離零）。
「魔法格鬥武術」的高手。

七草真由美

畢業生。現在是魔法大學學生。
擁有令異性著迷的
小惡魔個性，
不擅長應付他人攻勢。

中条 梓

畢業生。曾任學生會會長。
生性膽小，
個性畏首畏尾。

市原鈴音

畢業生。現在是魔法大學學生。
冷靜沉著的智慧型人物。

服部刑部少丞範藏

畢業生。社團聯盟總長。
雖然優秀，卻有著
過於正經的一面。

渡邊摩利

畢業生。真由美的好友。
各方面傾向好戰。

十文字克人

畢業生。
現在升學至魔法大學。
達也形容為「如同巨巖的人物」。

辰巳鋼太郎

畢業生。曾任風紀委員。
個性豪爽。

關本 勳

畢業生。曾任風紀委員。
論文競賽校內審查第二名。
犯下間諜行為。

澤木 碧

畢業生。曾任風紀委員。
對女性化的名字
耿耿於懷。

桐原武明

畢業生。關東劍術大賽
國中組冠軍。

五十里 啟

畢業生。曾任學生會會計。
魔法理論成績優秀。
千代田花音的未婚夫。

壬生紗耶香

畢業生。劍道大賽
國中女子組全國亞軍。

千代田花音

畢業生。
曾任風紀委員長。
和學姊摩利一樣好戰。

七草香澄

二年級。七草真由美的妹妹。
泉美的雙胞胎姊姊。
個性活潑開朗。

七寶琢磨

二年級。有力的魔法師家系
並且新加入十師族的
「七寶家」的長子。

七草泉美

二年級。七草真由美的妹妹。
香澄的雙胞胎妹妹。
個性成熟穩重。

櫻井水波

二年級。
立場是達也與深雪的表妹。
深雪的守護者候選人。

隅守賢人

二年級。白種人少年。
父母從USNA歸化日本。

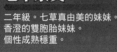

安宿怜美

第一高中保健醫生。
穩重溫柔的笑容
大受男學生歡迎。

平河小春

畢業生。以工程師身分
參加九校戰。
主動放棄參加論文競賽。

廿樂計夫

第一高中教師。
擅長魔法幾何學。
論文競賽的負責人。

平河千秋

三年級。
敵視達也。

珍妮佛・史密斯

歸化日本的白種人。達也的班級
與魔法工學課程的指導教師。

三矢詩奈

第一高中的「新生」。
由於聽覺過於敏銳，
所以總是戴著耳罩。

千倉朝子

畢業生。九校戰新項目
「堅盾對壘」的女子單人賽選手。

矢車侍郎

詩奈的青梅竹馬。
自稱是「護衛」。

五十嵐亞實

畢業生。曾任兩項競賽社社長。

五十嵐鷹輔

三年級。亞實的弟弟。個性有些懦弱。

小野 遙

第一高中的
綜合輔導老師。
生性容易被欺負，
卻有不為人知的另一面。

三七上凱利

畢業生。九校戰「祕碑解碼」
正規賽的男生選手。

九重八雲

擅長古式魔法「忍術」。
達也的體術師父。

國東久美子

畢業生，在九校戰競賽項目
「操舵射擊」和艾咪搭檔的選手。
個性相當平易近人。

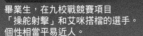

一条剛毅

將輝的父親。
十師族一条家現任當家。

一条將輝

第三高中的三年級學生。
「十師族」一条家的
下任當家。

一条美登里

將輝的母親。
個性溫和，
廚藝高明。

吉祥寺真紅郎

第三高中的三年級學生。
以「始源喬治」的
別名眾所皆知。

一条 茜

一条家長女。將輝的妹妹。
國中二年級學生。
心儀真紅郎。

黑羽 貢

司波深夜、
四葉真夜的表弟。
亞夜子、文彌的父親。

一条瑠璃

一条家次女。將輝的妹妹。
我行我素，行事可靠。

黑羽亞夜子

達也與深雪的遠房表妹。
和弟弟文彌是雙胞胎。
第四高中的學生。

北山 潮

雫的父親。企業界的大人物。
商業假名是北方潮。

黑羽文彌

曾是四葉下任當家候選人。
達也與深雪的遠房表弟。
和姊姊亞夜子是雙胞胎。
第四高中的學生。

北山紅音

雫的母親。曾以振動系魔法
聞名的A級魔法師。

吉見

四葉的魔法師，黑羽家的親戚。
超能力者，可讀取人體所殘留的
想子情報體痕跡。極度的祕密主義。

北山 航

雫的弟弟。國中一年級。
非常仰慕姊姊。
目標是成為魔工技師。

鳴瀨晴海

雫的表哥。國立魔法大學附設第四高中的學生。

牛山

FLT的CAD開發第三課主任。
受到達也的信任。

千葉壽和

千葉艾莉卡的大哥。已故。
警察省國家公務員。

恩斯特・羅瑟

首屈一指的CAD製作公司
羅瑟魔工所
日本分公司社長。

千葉修次

千葉艾莉卡的二哥。摩利的男友。
具備千刃流劍術免許皆傳資格。
別名「千葉的麒麟兒」。

九島 烈

被譽為世界最強
魔法師之一的人物。
眾人尊稱為「宗師」。

稻垣

已故。生前是
警察省的巡查部長，
千葉壽和的部下。

九島真言

日本魔法界長老——
九島烈的兒子，
九島家現任當家。

小和村真紀

實力足以在著名電影獎
入圍最佳女主角的女星。
不只是美貌，演技也得到認同。

九島光宣

真言的兒子。雖是國立魔法大
學附設第二高中的二年級學生，
但因為經常生病幾乎沒上學。
和藤林響子是異父同母的姊弟。

琵庫希

魔法科高中擁有的
家事輔助機器人。
正式名稱是3H
（Humanoid Home Helper：
人型家事輔助機械）P94型。

九鬼 鎮

服從九島家的師補十八家之一。
尊稱九島烈為「老師」。

陳祥山

大亞聯軍
特殊作戰部隊隊長。
心狠手辣。

呂剛虎

大亞聯軍特殊作戰部隊的
王牌魔法師。
別名「食人虎」。

周公瑾

安排大亞聯盟的呂與陳
來到橫濱的俊美青年。
在中華街活動的神秘人物。

鈴

森崎拯救的少女。
全名是「孫美鈴」。
香港國際犯罪組織
「無頭龍」的新領袖。

布萊德利・張

逃離大亞聯盟的軍人。
階級是中尉。

丹尼爾・劉

和張一樣是大亞聯盟的逃兵。
也是沖繩祕密破壞行動的主謀。

檜垣喬瑟夫

昔日大亞聯盟親侵略沖繩時，
和達也並肩作戰的魔法師軍人。
別名「遺族血統」的
前沖繩駐留美軍遺孤的子孫。

風間玄信

陸軍101旅
獨立魔裝大隊隊長。
階級為中校。

真田繁留

陸軍101旅
獨立魔裝大隊幹部。
階級為少校。

藤林響子

擔任風間副官的
女性軍官。階級為中尉。

佐伯廣海

國防陸軍101旅旅長。階級為少將。
獨立魔裝大隊隊長風間玄信的長官。
外貌使她別名「銀狐」。

柳 連

陸軍101旅
獨立魔裝大隊幹部。
階級為少校。

山中幸典

陸軍101旅獨立魔裝大隊幹部。
少校軍醫，一級治癒魔法師。

酒井

國防陸軍總司令部軍官，階級為上校。
被視為反大亞聯盟的強硬派。

新發田勝成

曾是四葉家下任當家
候選人之一。防衛省職員。
第五高中校友。
擅長聚合系魔法。

四葉真夜

達也與深雪的姨母。
深夜的雙胞胎妹妹。
四葉家現任當家。

堤 琴鳴

新發田勝成的守護者。
調整體「樂師系列」第二代。
適合使用關於聲音的魔法。

葉山

服侍真夜的
高齡管家。

堤 奏太

新發田勝成的守護者。
調整體「樂師系列」
第二代。琴鳴的弟弟，
和她一樣適合使用
關於聲音的魔法。

司波深夜

達也與深雪的母親。已故。
唯一擅長精神構造干涉魔法的
魔法師。

花菱兵庫

服侍四葉家的
青年管家。
順位第二名之
花菱管家的兒子。

櫻井穗波

深夜的「守護者」。已故。
接受基因操作，強化魔法天分
而成的調整體魔法師
「櫻」系列第一代。

司波小百合

達也與深雪的繼母。
厭惡兩人。

津久葉夕歌

曾是四葉家
下任當家候選人之一。
曾任第一高中學生會副會長。
擅長精神干涉系魔法。

安潔莉娜・庫都・希爾茲

USNA魔法師部隊「STARS」的總隊長。階級是少校。暱稱是莉娜。
也是戰略級魔法師「十三使徒」之一。

瓦吉妮雅・巴藍斯

USNA統合參謀總部情報部內部監察局第一副局長。
階級是上校。來到日本支援莉娜。

希兒薇雅・瑪裘利・法斯特

USNA魔法師部隊「STARS」的行星級魔法師。階級是准尉。
暱稱是希兒薇，姓氏來自軍用代號「第一水星」。
在日本執行作戰時，擔任希利鄔斯少校的輔佐。

班哲明・卡諾普斯

USNA魔法師部隊「STARS」的第二把交椅。
階級是少校。希利鄔斯少校不在時的
代理總隊長。

米卡艾拉・弘格

USNA派到日本的間諜
（正職是國防總署的魔法研究人員）。
暱稱是米亞。

克蕾雅

獵人Q——沒能成為「STARS」的
魔法師部隊「STARDUST」的女兵。
Q意味著追蹤部隊的第17順位。

瑞琪兒

獵人R——沒能成為「STARS」的
魔法師部隊「STARDUST」的女兵。
R意味著追蹤部隊的第18順位。

神田

民權黨的年輕政治家。
對於國防軍採取批判態度的人權派。
也是反魔法主義者。

上野

以東京為地盤的
執政黨年輕政治家。
眾所皆知親近魔法師的議員。

亞弗列德・佛瑪浩特

USNA魔法師部隊「STARS」的一等星魔法師。
階級是中尉。暱稱是弗列迪。
逃離STARS。

查爾斯・沙立文

USNA魔法師部隊「STARS」的衛星級魔法師。
別名「第二魔星」。
逃離STARS。

雷蒙德・S・克拉克

雫留學的USNA柏克萊某高中同學。
是名動不動就主動
和雫示好的白人少年。
真實身分是「七賢人」之一。

近江圓磨

熟悉「反魂術」的魔法研究家，
別名「傀儡師」的古式魔法師。
據說可以使用禁忌的魔法
將屍體化為傀儡。

顧傑

「七賢人」之一。
別名紀德・黑顧，
大漢軍方術士部隊的倖存者。

喬・杜

協助黑顧逃走的神秘男性。能力出色，即使是
要躲避十師族魔法師們追捕的
困難工作也能俐落完成。

詹姆士・傑克森

從澳大利亞來到
日本沖繩的觀光客。
不過他的真實身分是——

卡拉・施米特

德意志聯邦的戰略級魔法師。
在柏林大學設立研究所的教授。

賈絲敏・傑克森

詹姆士的女兒。
雖然年僅十二歲，
卻是非常穩重，
應對進退相當成熟的少女。

伊果・安德烈維齊・貝佐布拉佐夫

新蘇維埃聯邦的戰略級魔法師。
科學協會魔法研究領域的
第一把交椅。

威廉・馬克羅德

英國的戰略級魔法師。
在國外數間知名大學
擁有教授資格的才子。

艾德華・克拉克

USNA國家科學局（NSA）所屬的技術學者。
「至高王座」的管理者。

劉麗蕾

繼承大亞聯盟戰略級魔法
「霹靂塔」的少女。
據說是劉雲德的孫女。

七草弘一

真由美的父親。
七草家當家。
也是超一流的魔法師。

二木舞衣

十師族「二木家」當家。
住在兵庫縣蘆屋。
表面職業是
數間化學工業、
食品工業公司的大股東。
負責監護阪神
與中國地區。

名倉三郎

受僱於七草家的強力魔法師。
已故。主要擔任真由美的貼身護衛。

三矢 元

十師族「三矢家」當家。住在神奈川縣厚木。
表面職業（不太確定是否能這麼形容）
是跨國的小型兵器掮客。
負責運用至今依然在運作的第三研。

五輪勇海

十師族「五輪家」當家。住在愛媛縣宇和島。
表面職業是海運公司的高層，
實質上的老闆。
負責監護四國地區。

六塚溫子

十師族「六塚家」當家。住在宮城縣仙台。
表面職業是地熱發電所挖掘公司的實質老闆。
負責監護東北地區。

八代雷藏

十師族「八代家」當家。住在福岡縣。
表面職業是大學講師以及數間通訊公司的大股東。
負責監護沖繩以外的
九州地區。

十文字和樹

十師族「十文字家」當家。住在東京都。
表面職業是做國防軍生意的
土木建設公司老闆。
和七草家一起負責監護
包含伊豆的關東地區。

東道青波

八雲稱他為「青波高僧閣下」。
如同僧侶般剃髮的老翁，
但真實身分不明。
依照八雲的說法是
四葉家的贊助者。

遠山（十山）司

輔佐十師族的
師補十八家「十山家」的魔法師。
存在目的不是保護國民，
而是保護國家機能。

部分插圖協助／魔法科高中製作委員會

Glossary
用語解說

一科生的徽章

司波達也的CAD

司波深雪的CAD

魔法科高中

國立魔法大學附設高中的通稱，全國總共設立九所學校。
其中的第一至第三高中，每學年招收兩百名學生，
並且分為一科生與二科生。

花冠、雜草

第一高中用來形容一科生與二科生階級差異的隱語。
一科生制服的左胸口繡著以八枚花瓣組成的徽章，
不過二科生制服沒有。

CAD

簡化魔法發動程序的裝置，
內部儲存使用魔法所需的程式。
分成特化型與泛用型，外型也是各有不同。

Four Leaves Technology〔FLT〕

國內一家CAD製造公司。
原本該公司製造的魔法工學零件比成品有名，
但在開發「銀式」之後，
搖身一變成為知名的CAD製造公司。

托拉斯・西爾弗

短短一年就讓特化型CAD的軟體技術進步十年，
而為人所稱頌的天才技師。

Eidos〔個別情報體〕

原為希臘哲學用語。在現代魔法學，個別情報體指的是
「伴隨事物現象而來的情報」，是「事象」曾經存在於
「世界」的記錄，也可以說是「事象」留在「世界」的足跡。
依照現代魔法學的定義，「魔法」就是修改個別情報體，
藉以改寫個別情報體所代表的「事象」的技術。

Idea〔情報體次元〕

原為希臘哲學用語。在現代魔法學，情報體次元指的是「用來記錄個別情報體的平台」。
魔法的原始形態，就是將魔法式輸入這個名為「情報體次元」的平台，
改寫平台裡「個別情報體」的技術。

啟動式

為魔法的設計圖，用來構築魔法的程式。
啟動式的資料檔案，是以壓縮形式儲存在CAD，魔法師輸入想子波展開程式之後，
啟動式會依照資料內容轉換為訊號，並且回傳給魔法師。

想子

位於靈異現象次元的非物質粒子，記錄認知與思考結果的情報元素。
成為現代魔法理論基礎的「個別情報體」，成為現代魔法骨幹的「啟動式」和
「魔法式」技術，都是由想子建構而成。

靈子

位於靈異現象次元的非物質粒子。雖然已經確認其存在，但是形態與功能尚未解析成功。
一般的魔法師，頂多只能「感覺到」活化狀態的靈子。

魔法師

「魔法技能師」的簡稱。能將魔法施展到實用等級的人，統稱為魔法技能師。

魔法式

用來暫時改變伴隨事物現象而來的情報之情報體。由魔法師持有的想子構築而成。

魔法演算領域

構築魔法式的精神領域，也就是魔法資質的主體。該處位於魔法師的潛意識領域，魔法師平常可以意識到魔法演算領域並且使用，卻無法意識到內部的處理過程。對魔法師本人來說，魔法演算領域也堪稱是個黑盒子。

魔法式的輸出程序

❶從CAD接收啟動式，這個步驟稱為「讀取啟動式」。
❷在啟動式加入變數，送入魔法演算領域。
❸依照啟動式與變數構築魔法式。
❹將構築完成的魔法式，傳送到潛意識領域最上層暨意識領域最底層的「基幹」，從意識與潛意識之間的「閘門」輸出到情報體次元。
❺輸出到情報體次元的魔法式，會干涉指定座標的個別情報體進行改寫。

「實用等級」魔法師的標準，是在施展單一系統暨單一工序的魔法時，於半秒內完成這些程序。

魔法的評價基準（魔法力）

構築想子情報體的速度是魔法的處理能力、
構築情報體的規模上限是魔法的容納能力、
魔法式改寫個別情報體的強度是魔法的干涉能力，
這三項能力總稱為魔法力。

始源碼假說

主張「加速、加重、移動、振動、聚合、發散、吸收、釋放」四大系統八大種類的魔法，各自擁有正向與負向共計十六種基礎魔法式，以這十六種魔法式搭配組合，就能構築所有系統魔法的理論。

系統魔法

歸類為四大系統八大種類的魔法。

系統外魔法

並非操作物質現象，而是操作精神現象的魔法統稱。
從使喚靈異存在的神靈魔法、精靈魔法，或是讀心、靈魂出竅、意識操控等，包括的種類琳琅滿目。

十師族

日本最強的魔法師集團。一条、一之倉、一色、二木、二階堂、二瓶、三矢、三日月、四葉、五輪、五頭、五味、六塚、六角、六鄉、六本木、七草、七寶、七夕、七瀨、八代、八朔、八幡、九島、九鬼、九頭見、十文字、十山共二十八個家系，每四年召開一次「十師族甄選會議」，選出的十個家系就稱為「十師族」。

含數家系

如同「十師族」的姓氏有一到十的數字，「百家」之中的主流家系姓氏也有十一以上的數字，例如「『千』代田」、「『五十』里」、「『千』葉」家。
數字大小不代表實力強弱，但姓氏有數字就代表血統純正，可以作為推測魔法師實力的依據之一。

失數家系

亦被簡稱「失數」，是「數字」遭受剝奪的魔法師族群。
昔日魔法師被視為兵器暨實驗樣本的時候，評定為「成功案例」得到數字姓氏的魔法師，要是沒有立下「成功案例」應有的成績，就得接受這樣的烙印。

各式各樣的魔法

● 悲嘆冥河
凍結精神的系統外魔法。凍結的精神無法命令肉體死亡，
中了這個魔法的對象，肉體將會隨著精神的「靜止」而停止、僵硬。
依照觀測，精神與肉體的相互作用，也可能導致部分肉體結晶化。

● 地鳴
以獨立情報體「精靈」為媒介振動地面的古式魔法。

● 術式解散
把建構魔法的魔法式，分解為構造無意義的想子粒子群的魔法。
魔法式作用於伴隨事象而來的情報體，基於這種性質，魔法式的情報結構一定會曝光，無法防止外力進行干涉。

● 術式解體
將想子粒子群壓縮成塊，不經由情報體次元直接射向目標物引爆，摧毀目標物的啟動式或魔法式這種紀錄魔法的想子情報體，屬於無系統魔法。
即使歸類為魔法，但只是一種想子砲彈，結構不包含改變事象的魔法式，因此不受情報強化或領域干涉的影響。此外，砲彈本身的壓力也足以反彈演算干擾的影響。由於完全沒有物理作用力，任何障礙物都無法防堵。

● 地雷原
泥土、岩石、砂子、水泥，不拘任何材質，
總之只要是具備「地面」概念的固體，就能施以強力振動的魔法。

● 地裂
由獨立情報體「精靈」為媒介，以線形壓潰地面，
使地面乍看之下彷彿裂開的魔法。

● 乾冰雹暴
聚集空氣中的二氧化碳製作成乾冰粒，
將凍結過程剩餘的熱能轉換為動能，高速射出乾冰粒的魔法。

● 迅襲雷蛇
在「乾冰雹暴」製造乾冰顆粒時，凝結乾冰氣化產生的水蒸氣，
溶入二氧化碳氣體使其形成高導電霧，再以振動系與釋放系魔法產生摩擦靜電。以溶入碳酸的水霧或水滴為導線，朝對方施展電擊的組合魔法。

● 冰霧神域
振動減速系廣域魔法。冷卻大容積的空氣並操縱其移動，
造成廣範圍的凍結效果。
簡單來說，就像是製造超大冰箱一樣。
發動時產生的白霧，是在空中凍結的冰或乾冰。
但要是提升層級，有時也會混入凝結為液態氮的霧。

● 爆裂
將目標物內部液體氣化的發散系魔法。
如果是生物就是體液氣化導致身體破裂，
如果是以內燃機為動力的機械就是燃料氣化爆炸。
燃料電池也不例外。即使沒有搭載可燃的燃料，無論是電池液、油壓液、冷卻液或潤滑液，世間沒有機械不搭載任何液體，因此只要「爆裂」發動，幾乎所有機械都會毀損而停止運作。

● 亂髮
不是指定角度改變風向，而是為了造成「絆腳」的含糊結果操作氣流，以極接近地面的氣流促使草葉纏住對方雙腳的古式魔法。只能在草長得夠高的原野使用。

魔法劍

使用魔法的戰鬥方式，除了以魔法本身為武器作戰，還有以魔法強化、操作武器的技術。
以魔法配合槍、弓箭等射擊武器的術式為主流，不過在日本，劍技與魔法組合而成的「劍術」也很發達。
現代魔法與古式魔法兩種領域，都開發出堪稱「魔法劍」的專用魔法。

1.高頻刃

高速振動刀身，接觸物體時傳導超越分子結合力的振動，將固體局部液化之後斬斷的魔法。和防止刀身自我毀壞的術式配套使用。

2.壓斬

使劍尖朝揮砍方向的水平兩側產生排斥力，將劍刃接觸的物體像是左右推壓般割斷的魔法。排斥力場細得未滿一公釐，強度卻足以影響光波，因此從正面看劍尖是一條黑線。

3.童子斬

被視為源氏祕劍而相傳至今的古式魔法。遙控兩把刀再加上手上的刀，以三把刀包圍對手並同時砍下的魔法劍技。以同音的「童子斬」隱藏原本「同時斬」的意義。

4.斬鐵

千葉一門的祕劍。不是將刀視為鋼塊或鐵塊，而是定義為「刀」這種單一概念，依循魔法式所設定的刀路而動的移動系統魔法。被定義為單一概念的「刀」如同單分子結晶之刃，不會折斷、彎曲或缺角，將會沿著刀路劈開所有物體。

5.迅雷斬鐵

以專用武裝演算裝置「雷丸」施展的「斬鐵」進化型。將刀與劍士定義為單一集合概念，因此從接觸敵人到出招的一連串動作，都能毫無誤差地高速執行。

6.山怒濤

以全長一八〇公分的大型專用武器「大蛇丸」所施展的千葉一門的祕劍。將己身與刀的慣性減低到極限並高速接近對手，在交鋒瞬間將至今消除的慣性疊加，提升刀身慣性後砍向對方。這股偽造的慣性質量和助跑距離成正比，最高可達十噸。

7.薄翼蜻蜓

將奈米碳管編織為厚度十億分之五公尺的極致薄膜，再以硬化魔法固定為全平面而化為刀刃的魔法。薄翼蜻蜓製成的刀身比任何刀劍或剃刀都要銳利，但術式不支援揮刀動作，因此術士必須具備足夠的刀劍造詣與臂力。

魔法技能師開發研究所

西元二〇三〇年代，日本政府因應第三次世界大戰當前而緊張化的國際情勢，接連設立開發魔法師的研究所。研究目的不是開發魔法，始終是開發魔法師，為了製造出最適合使用所需魔法的魔法師，基因改造也在研究範圍。

魔法技能師開發研究所設立了第一至第十共十所，至今依然有五所運作中。

各研究所的細節如下所述：

魔法技能師開發第一研究所

二〇三一年設立於金澤市，現在已關閉。

開發主題是進行對人戰鬥時直接干涉生物體的魔法。氣化魔法「爆裂」是衍生形態之一。不過，操作人體動作的魔法可能會引發傀儡攻擊（操作他人進行的自殺式恐怖攻擊），因此禁止研發。

魔法技能師開發第二研究所

二〇三一年設立於淡路島，運作中。

和第一研的主題成對，開發的魔法是干涉無機物的魔法。尤其是關於氧化還原反應的吸收系魔法。

魔法技能師開發第三研究所

二〇三二年設立於厚木市，運作中。

目的是開發出能獨力應付各種狀況的魔法師，致力於多重演算的研究。尤其竭力實驗測試可以同時發動、連續發動的魔法數量極限，開發可以同時發動複數魔法的魔法師。

魔法技能師開發第四研究所

詳情不明，推測位於前東京都與前山梨縣的界線附近，設立時間則估計是二〇三三年。現在宣稱已經關閉，而實際狀況也不明。只有前第四研不是由政府，是對國家具備強大影響力的贊助者設立。傳聞現在該研究所從國家獨立出來，接受贊助者的支援繼續運作，也傳聞該贊助者實際上從二〇二〇年代之前就經營著該研究所。

據說其研究目標是試圖利用精神干涉魔法，強化「魔法」這種特異能力的源泉，也就是魔法師潛意識領域的魔法演算領域。

魔法技能師開發第五研究所

二〇三五年設立於四國的宇和島市，運作中。

研究的是干涉物質形狀的魔法。主流研究是技術難度較低的流體控制，但也成功研究出干涉固體形狀的魔法。其成果就是和USNA共同開發的「巴哈姆特」。加上流體干涉魔法「深淵」，該研究所開發出兩個戰略級魔法，是國際聞名的魔法研究機構。

魔法技能師開發第六研究所

二〇三五年設立於仙台市，運作中。

研究如何以魔法控制熱量。和第八研同樣偏向是基礎研究機構，相對的缺乏軍事色彩。不過除了第四研，據說在魔法技能師開發研究所之中，第六研進行基因改造實驗的次數最多（第四研實際狀況不明）。

魔法技能師開發第七研究所

二〇三六年設立於東京，現在已關閉。

主要開發反集團戰鬥用的魔法，群體控制魔法為其成果。第六研的軍事色彩不強，促使第七研成為兼任戰時首都防衛工作的魔法師開發研究設施。

魔法技能師開發第八研究所

二〇三七年設立於北九州市，運作中。

研究如何以魔法操作重力、電磁力與各種強弱不同的交互作用力。基礎研究機構的色彩比第六研更濃厚，但是和國防軍關係密切，這一點和第六研不同。部分原因在於第八研的研究內容很容易連結到核武開發，在國防軍的保證之下，才免於被質疑暗中開發核武。

魔法技能師開發第九研究所

二〇三七年設立於奈良市，現在已關閉。

研究如何將現代魔法與古式魔法融合，試圖藉由讓現代魔法吸收古式魔法的相關知識，解決現代魔法不擅長的各種課題（例如模糊不明確的術式操作）。

魔法技能師開發第十研究所

二〇三九年設立於東京，現在已關閉。

和第七研同樣兼具防衛首都的目的，研究如何在空間產生虛擬結構物的領域魔法，作為遭遇高火力攻擊的防禦手段。各式各樣的反物理護壁魔法為其成果。

此外，第十研試圖使用不同於第四研的手段激發魔法能力。具體來說，他們致力開發的魔法師並非強化魔法演算領域本身，而是能讓魔法演算領域暫時超頻，因應需求使用強力的魔法。但是成功與否並未公開。

除了上述十間研究所，開發元素家系的研究所從二〇一〇年代運作到二〇二〇年代，但現今全部關閉。此外，國防軍在二〇〇二年設立直屬於陸軍總司令部的祕密研究機構，至今依然獨自進行研究。九島烈加入第九研之前，都在這個研究機構接受強化處置。

戰略級魔法師——十三使徒

現代魔法是在高度科技之中培育而成，因此能開發強力軍事魔法的國家有限，導致只有少數國家能開發匹敵大規模破壞兵器的戰略級魔法。

不過，開發成功的魔法會提供給同盟國，高度適合使用戰略級魔法的同盟國魔法師，也可能被認證為戰略級魔法師。

在2095年4月，各國認定適合使用戰略級魔法，並且對外公開身分的魔法師共十三名。他們被稱為「十三使徒」，公認是世界軍事平衡的重要因素。

十三使徒的國籍、姓名與戰略級魔法名稱如下所述：

USNA

安吉・希利鄔斯：「重金屬爆散」
艾里歐特・米勒：「利維坦」
羅蘭・巴特：「利維坦」
※其中只有安吉・希利鄔斯任職於STARS。艾里歐特・米勒位於阿拉斯加基地，羅蘭・巴特位於國外的直布羅陀基地，兩人基本上不會出動。

新蘇維埃聯邦

伊果・安德烈維齊・貝佐布拉佐夫：「水霧炸彈」
列昂尼德・肯德拉切科：「大地紅軍」
※肯德拉切科年事已高，基本上不會離開黑海基地。

大亞細亞聯盟

劉雲德：「霹靂塔」
※劉雲德已於2095年10月31日的對日戰鬥中戰死。

印度、波斯聯邦

巴拉特・錢德勒・坎恩：「神焰沉爆」

日本

五輪 澪：「深淵」

巴西

米吉爾・迪亞斯：「同步線性融合」
※魔法式為USNA提供。

英國

威廉・馬克羅德：「臭氧循環」

德國

卡拉・施米特：「臭氧循環」
※臭氧循環的原型，是分裂前的歐盟因應臭氧層破洞而共同研發的魔法。後來由英國完成，依照協定向前歐盟各國公開魔法式。

土耳其

阿里・夏亨：「巴哈姆特」
※魔法式為USNA與日本所共同開發完成，由日本主導提供。

泰國

梭姆・查伊・班納克：「神焰沉爆」
※魔法式為印度、波斯聯邦提供。

The International Situation

2096年現在的世界情勢

以全球寒冷化為直接契機的第三次世界大戰──二十年世界連續戰爭大幅改寫了世界地圖。世界現狀如下所述：

USA合併加拿大以及墨西哥到巴拿馬等各國，組成北美利堅大陸合眾國（USNA）。

俄羅斯再度吸收烏克蘭與白俄羅斯，組成新蘇維埃聯邦（新蘇聯）。

中國征服緬甸北部、越南北部、寮國北部以及朝鮮半島，組成大亞細亞聯盟（大亞聯盟）。

印度與伊朗併吞中亞各國（土庫曼、烏茲別克、塔吉克、阿富汗）以及南亞各國（巴基斯坦、尼泊爾、不丹、孟加拉、斯里蘭卡），組成印度、波斯聯邦。

亞洲阿拉伯其餘國家，分區締結軍事同盟，對抗新蘇聯、大亞聯盟以及印度、波斯聯邦三大國。

澳洲選擇實質鎖國。

歐洲整合失敗，以德國與法國為界分裂為東西兩側。東歐與西歐也沒能各自整合為單一國家，團結力甚至不如戰前。

非洲各國半數完全消滅，倖存的國家也只能勉強維持都市周邊的統治權。

南美除了巴西，都處於地方政府各自為政的小國分立狀態。

The irregular at magic high school

時間已經超過晚上八點。但是包括陸海空三軍、國防軍的軍令與政戰相關部門，都維持和白天同等的運作率。新蘇聯艦隊已經暫時從能登半島外海撤退，不過目前甚至還沒簽下停戰協定。即使沒宣戰，日本與新蘇聯現在也處於交戰狀態。只要軍事局勢繼續緊繃下去，這些單位就沒有熄燈的一天。

國防陸軍一〇一旅司令部也不例外。

一〇一旅獨立魔裝大隊指揮官風間中校接到旅司令官佐伯少將的傳喚，來到她的辦公室。風間不是旅司令部的幕僚，在旅內的立場卻等於佐伯的心腹。風間自己積極接受這份職責，總是在自己的辦公室待命，以便隨時到旅司令部報到。

「昨天非法入境到松江的呂剛虎，今天在小松市區喪失行為能力了。」

「逮捕他了嗎？」

風間以詢問的形式附和佐伯這段話。

「不，據報是殺死了。下手的是臨時加入第一師游擊步兵小隊的防衛大學千葉修次少尉。」

「身為學生卻破例獲頒少尉階級的『幻影之劍』嗎？居然能打倒呂剛虎，不愧號稱是世界頂尖的近戰魔法師。可以的話，本大隊想延攬這名人材。」

佐伯一臉不是滋味般聆聽風間的稱讚。不是因為對千葉修次有什麼偏見或積怨。討伐呂剛虎的即使是其他官兵，甚至是警察或一般民眾，佐伯也會同樣透露不悅心情吧。

「得以事先阻止破壞行動，原本是值得高興的事……不過『食人虎』意外地辦事不力。」

佐伯發牢騷說。

這番話從某種角度聽起來，像是她原本期待呂剛虎的破壞行動——暗殺劉麗蕾的作戰成功。

對於這段輕率的發言，風間不是充耳不聞，而是左耳進右耳出。

他在前天的時間點就知道佐伯的想法。

老實說，佐伯與風間都在事前掌握呂剛虎非法入境的相關情報。

擔任風間副官的藤林響子中尉，在熟知她能力的人們之間被稱為「電子魔女」。這個別名意味著她是擅長以魔法干涉電波的魔法師，同時也是隨心所欲操控情報網的惡魔駭客稱號。

周公瑾的網路不只做好電子層面的防入侵措施，也設置咒術層面的防禦網。不過在電子網路的領域裡，藤林的能力更勝一籌。佐伯與風間透過藤林取得了光宣假扮成周公瑾之後和陳祥山通訊的內容。

呂剛虎偷渡計畫的場所與日程，佐伯與風間都早已掌握。他們也可以在海岸就逮捕呂剛虎。實際上，風間也準備親自率領部下前往松江港。

但是佐伯沒准許風間出動。不只如此，還下令不准外洩這份情報。雖然態度消極，但佐伯想協助呂剛虎的破壞行動。

風間當然問過理由。在軍隊裡，下屬原本必須絕對服從長官的命令，但風間是無法接受不講理命令的缺陷軍人。風間年輕時因為立下優於命令的戰果，所以長年被打進冷宮。擁有這段苦悶經驗的他並沒有矯正個性。

佐伯不厭其煩對風間說明理由。

——新蘇聯以引渡劉少尉為藉口派遣艦隊南下。

——無論真正目的為何，只要沒有劉少尉，新蘇聯就師出無名。

——即使沒有新蘇聯的侵略，劉少尉的存在也是一大風險。

——她後來歸順祖國，對我國使用「霹靂塔」的可能性絕對不低。

——對於日本來說，呂剛虎暗殺劉少尉也有好處。

——沒能好好保護逃亡者，國防軍應該會因而遭受輿論批判，也無法避免國際評價掃地。

——不過從國內排除劉少尉的利大於弊。

——十師族的一条將輝一同監視劉少尉也正合這邊的意。

——位於同一基地卻沒能阻止劉少尉遭到暗殺，一条小弟也會遭受批判吧。

——這次暗殺逃亡魔法師是出自魔法師特務之手。可以預期十師族將遭受到比國防軍更強烈的抨擊。

這是佐伯的想法。

風間甘願成為共犯。

但是結果不如佐伯所願。呂剛虎沒能入侵基地就被打倒，他的部下接連落網。

「千葉少尉的存在是一大失算。」

佐伯以這種形容方式承認自己如意算盤打得太響。

「游擊步兵小隊原本好像是為了逮捕九島光宣而出動的。」

風間這句話若要當成安慰，感覺有點失焦。

佐伯似乎也是這麼想的，她以疑惑的視線看向風間。

「據說九島光宣潛伏於青木原樹海。」

「不過游擊步兵小隊搜索之後，應該已經否定這個情報才對。」

「那支小隊明明心服於九島閣下，卻缺乏古式魔法師的人材，大概是沒能破解結界吧。」

看來風間認為光宣至今依然躲在樹海中。佐伯也理解這一點，卻完全猜不透他為何講起這個話題。

「不去抓他沒關係嗎？」

看來風間沒要佐伯猜謎。他很乾脆地講明自己的用意。

「我們去抓？」

佐伯之所以沒猜到風間會這麼問，是因為內容匪夷所思。

「本一〇一旅為什麼非得出動逮捕九島光宣？」

佐伯的反問與其說是表示疑問，不如說是間接駁回風間的提議。

「我們的任務並不是追捕殺人綁架犯。」

「但是下官找得到九島光宣的祕密住所。」

風間這句話沒有迷惘，也沒有躊躇或誇大。

他被喻為「森林戰專家」的原因，不只是擁有卓越的游擊戰技術。風間習得的古式魔法「天狗術」，在山林裡可以發揮最好的效果。

無論光宣躲在多麼堅固的結界，只要位於樹海——也就是森林裡，風間有自信絕對找得到。

但是佐伯給他消極的回答。

「中校，我再說一次。這不是本一〇一旅的任務。」

「實力足以殺害九島烈的寄生物，就算扔著不管也無妨嗎？而且如果由我們逮捕九島光宣，應該也能嚇一嚇十師族。」

「只要九島光宣沒對『國家』採取敵對態度，我軍就應該無視於那名少年。」

佐伯以強硬語氣斷定。

風間睜大雙眼揚起雙眉，以此表露自己的意外。

但風間沒有開口詢問，所以佐伯可以忽略風間的疑惑之意，然而她沒這麼做。

「……只要九島光宣繼續逃亡，大黑特尉……更正，司波達也就會忙於追捕他，無法著手處理其他事件。」

「其他事件嗎？意思是達也恐怕會闖出不必要的禍？」

風間拙於判斷的態度，不知道是真的還是裝出來的。

無論是真是假，都構成佐伯嘆氣的理由。

「三矢家提供的情報，先前肯定也給中校看過。就是司波達也企圖襲擊USNA中途島監獄的那件事。」

佐伯稱呼將輝為「一条小弟」，卻連名帶姓稱呼達也。這令風間內心有點在意，但他刻意沒詢問佐伯這麼稱呼的真正用意。

「為了不讓達也前往中途島，所以要『援助』九島光宣嗎？」

風間改問這個問題。

「什麼都不做是一種消極的支援，我不否定你這個指摘。但是司波達也應該不會把當局的制止當成一回事吧。即使禁止他出國，我也不認為有實際的效果。」

確實如此。風間暗自同意。

以達也的能耐，想劫機或劫船應該都隨心所欲，而且他大概也可以自己飛。即使非法出境的行為曝光，也無法禁止他再度入境或是將他關進監獄。他是日本擁有的最大戰力，是最強的戰略「兵器」。

「中校，別對九島光宣出手啊。」

「遵命。」

佐伯重新叮嚀，風間立正回應。

◇　◇　◇

illegal MAP。非法魔法師暗殺小隊（illegal Mystic Assassin Platoon）。這支魔法師部隊專門負責無法見光的暗殺任務，是以「煤袋」、「角錐」、「馬頭」三分隊組成的小隊。形式上是不屬於各國軍隊的組織，實際上卻是USNA軍統合參謀總部直屬的魔法師部隊，從指揮系統來看可說是STARS的兄弟部隊。從官方是否承認的角度來看，應該譬喻為同父異母的嫡子與庶子。

原本的指揮系統直到中層都一樣，所以實質指揮官即使是同一人或許也沒什麼好奇怪的。派遭到日本的illegal MAP馬頭分隊隊長阿爾．王發電報給STARS總部基地司令官保羅．渥卡請求指示，因為渥卡是將參謀總部的想法傳達給illegal MAP的窗口。

嚴格來說，現在illegal MAP不是基於參謀總部的共識來行動，主導的是參謀總部裡的對日強硬派，也就是主張戰略級魔法師司波達也會撼動USNA的霸權，應該排除這個危險人物的那一派。渥卡上校身為強硬派的有力軍官，受命指揮illegal MAP。

在換日的日本時間七月十二日零點過後，終於得到渥卡的回應。考慮到時差，在這個時間回應也在所難免吧。雖然這麼說，但馬頭分隊的隊員確實等了很久，阿爾．王將電報解碼時，躲在祕密藏身處的隊員們毫不客氣看向他的手邊。

「可惡，不要像是高中小鬼一樣擠過來看！解碼完畢之後會立刻唸給你們聽，去旁邊等！」

大概是被隊員們壓在背上覺得煩，阿爾．王像是甩水的大狗般晃動身體並且斥責部下。馬頭分隊最年輕的隊員也超過三十歲，「不要像是高中小鬼一樣」肯定是百分百的真心話。

阿爾．王的部下乖乖從他背後離開。但他們並不是感到惶恐。一半以上的隊員拿著啤酒或威士忌氣泡水的罐子，由此就可見一斑。

illegal MAP是非法部隊，從一開始就不可能期待他們擁有正規部隊的紀律。說起來分隊長也沒這麼要求部下。解碼完畢之後從螢幕抬頭的阿爾．王，即使看見部下喝酒也面不改色。

「隊長，本國怎麼說？」

「總之正如預料。」

即使隊員以沒大沒小的口吻詢問，分隊長也一臉理所當然般回應。

「作戰沒有變更。我們不用理會安吉・希利鄔斯。」

「目標始終是司波達也是吧？」

另一名隊員以還算客氣的語氣發問確認。馬頭分隊包括隊長共十人，開口的是兩名女性隊員之一。

「沒錯。作戰也以剛才決定的程序進行。艾麗，妳和茱莉亞加上法蘭克去抓光井穗香，加布、亨利與伊吉去抓柴田美月回來。巴特、查理與東恩和我一起在這個藏身處警戒。」

「收到。」

「可是隊長，人質作戰管用嗎？」

「如果不管用，只要照例將她們『教育』之後送回去就好。」

阿爾・王說的「教育」是洗腦。對人質植入暗示唆使暗殺目標對象的手法，是illegal MAP三個分隊都擅長的戰術。

「既然這樣，人質只要一個就夠吧？」

在分隊處於副隊長地位的巴特・李對這個作戰表示疑問。他並不是第一次這麼問，是重提在傍晚的作戰會議也出現的這個爭議點。

「目標司波達也據說是『那個四葉家』的成員。雖然不知道他實際上將『不可侵犯的禁忌』這個別名反映到何種程度，但是正因為實力莫測，所以我們更不該輕忽大意。」

「巴特，作戰已經敲定了。現在的我們不是軍人，但還是應該遵照隊長的決定。對吧？」

最初以隨性語氣詢問隊長，名為查理·張的這名隊員對巴特·李這麼說。這番話聽起來與其說是「勸誡」更像是「調侃」。

巴特·李一臉不悅地緘口。

從以上的對話就知道，馬頭分隊絕對不是氣氛和樂的部隊。

沒有隊員對此感到頭痛。分隊長阿爾·王也不在意。

「巴特，如果你有自信，你要一個人去拿下目標的首級也無妨喔。」

「……隊長是你。我會遵從你的指示。」

illegal MAP是因為曾經做得太過火，所以即使作廢也不奇怪的部隊。之所以沒被當成實驗白老鼠而活到現在，在於上級認為這樣比較有用。

只要能成功暗殺上級指示的目標，隊裡的氣氛一點都不重要。不只馬頭分隊，illegal MAP所屬的成員都由衷這麼認為。

◇◇◇

七月十二日，星期五的早晨。

「哥哥，我出門了。」

「嗯，路上小心。莉娜，深雪拜託妳了。」

「交給我吧。」

在達也目送之下，深雪與莉娜前往第一高中。時間還不到七點。之所以比平常早出門，是因為要加算深雪在學校解除喬裝的時間。

達也今天也不上學。他送走兩人之後立刻前往大樓地下的研究室。

藤林響子昨天代替藤林家當家來訪時，達也從她那裡獲得「扮裝行列」啟動式暨運用心得的說明書，以及記載「蹟兵八陣」詳細內容的文獻。「蹟兵八陣」是東亞大陸流古式魔法的結界建構術。光宣現在的祕密住所很可能是周公瑾以「蹟兵八陣」打造的。為了揭發光宣的祕密住所並且救回水波，達也必須破解「扮裝行列」與「蹟兵八陣」。

總之先假設結界源自「蹟兵八陣」。

達也從昨天就著手分析「扮裝行列」與「蹟兵八陣」，試著研發這兩種魔法的破解方法。

「『扮裝行列』差不多摸透了。問題在於『蹟兵八陣』嗎……」

達也坐在研究室的桌子前面，出聲確認昨天的成果與課題。

從藤林那裡收到「扮裝行列」啟動式與運用說明書，是昨天九點多的事。以現代魔法格式記述的資料，對於達也來說可以順利理解。

即使扣掉用餐、洗澡與睡眠等時間，達也開始分析至今也超過十小時。九島家的「扮裝行列」是什麼樣的魔法，他已經幾乎解析完畢。

「話說回來……居然和莉娜使用的『扮裝行列』差這麼多，出乎我的預料。難怪以同樣手法沒能破解……」

複製情報體之後進行編輯與加工，像是隱藏原始情報體般貼覆在表面，九島家與莉娜的「扮裝行列」在這個部分是一樣的。但九島家的術式追加一道程序，將編輯加工過的情報體複本變換為人造精靈——也就是人工的獨立情報體，因此術士發動魔法之後，還是可以進行維持、修復、改寫或移動等操作。

如果是這種機制，以偽裝的複製情報體吸引敵方注意力之後，可以讓複本的位置稍微偏離原始情報體，進一步欺騙敵方的眼睛。因為沒有完全重疊，所以即使破壞偽裝情報體，其「底下」也沒有任何東西。此外，一度被對方認知的偽裝情報體，只要術士追加改寫記述內容，敵人就無從瞄準。

但是在摸清構造的現在，不必直接目視「扮裝行列」的魔法式，應該也可以使其失效。只要光宣沒有大幅變更九島家的術式，即使是間接的「術式解散」肯定也能分解魔法式。

但是達也沒有實際嘗試。以「扮裝行列」偽裝，囚禁水波的祕密住所，達也已經查明座標。如果光宣從三天前就沒移動，達也已經鎖定青木原樹海裡半徑一百公尺的區域。即使如此，前往當地的達也依然找不到祕密住所。

讓方向知覺失準的東亞大陸流古式魔法「鬼門遁甲」。「蹟兵八陣」是將懷恨喪命的屍體埋在地下布陣，以死者的怨念長時間持續發揮「鬼門遁甲」效果的大規模結界。只要沒破解這層結界，達也就找不到水波被帶入的祕密住所。

即使真的成功將光宣趕出祕密住所，只要沒讓「鬼門遁甲」失效就很難找到他。必須正確認知到逮捕對象逃往哪個方向，否則連追蹤都沒有必勝的把握。

「果然得同時將『鬼門遁甲』——『蹟兵八陣』破解，才找得到光宣與水波。」

達也像是告誡自己般呢喃。

◇ ◇ ◇

比平常早一個多小時起床的光宣，在祕密住所周圍各處走動。名義上是檢查結界，不過主要還是為了趕走睡魔。

光宣昨晚沒什麼睡。

呂剛虎沒能爭取到時間，他對自己的失算感到失望，因而產生焦慮。光宣原本想趁著呂剛虎引發騷動的時候，從現在這個祕密住所轉移陣地。

他認為達也很快就會找到這個場所。雖然現在還是以「扮裝行列」與「蹟兵八陣」瞞過達也的「眼」，但光宣體認到撐不了多久。不是「隱約覺得」這種模稜兩可的感覺。他從魔法式受損的程度推測自己的魔法即將不管用。

昨晚雷蒙德突然以寄生物的網路搭話時，光宣因為這份焦慮而接受他的提案。光宣是在事情談完上床之後察覺這一點。

之所以睡不著，是因為後悔自己輕易答應雷蒙德。雷蒙德提案的內容是協助光宣帶著水波逃離日本，他會準備USNA的船艦做為兩人出國的手段。

光宣接受了這個邀請。沒確認水波的意願。

和雷蒙德對話完畢沒多久，光宣就察覺自己做了輕率的決定。

但他並不是後悔自己接受雷蒙德的邀請。

是對於自己沒收回承諾感到懊悔。

只要光宣有這個意思，他可以隨時連絡雷蒙德。寄生物不需要道具或麻煩的手續與儀式就能相互溝通。光宣硬是阻斷這條原本隨時暢通的管道。

所以在察覺自己沒徵得水波同意的時間點，光宣可以收回或保留這個承諾。

然而光宣沒這麼做。他在床上不斷煩惱，最後就這麼維持原樣。

他被迫察覺自己真正的想法。

其實自己想帶著水波遠走高飛。

（……不過，我早就決定了。）

絕不勉強。

如果水波希望，就立刻將她送回達也與深雪身邊。

光宣重新讓自己如此發誓。

（相對的，在聽到水波的答覆之前……絕對不能被抓。）

光宣以這種想法，在自己內心找到妥協點。

「為此不能只依賴『扮裝行列』。這樣逃不掉。」

光宣以魔法師的知覺理解到達也將在不久的未來破解「扮裝行列」，所以判斷這個祕密住所撐不了多久。這麼一來必須鑽出這道結界逃亡，但是只靠「扮裝行列」恐怕很快就會被找到。

（該怎麼做？沒時間從現在開始研發新魔法。）

（我快想點辦法吧。）

（九島光宣，快想點辦法吧。）

光宣環視翠綠高牆環繞的兩側，仰望「明亮的多雲天空」。這不是在尋找線索，是思緒打結喘不過氣，為了緩和這份窒息感的反射動作。

然而映入光宣眼簾的不自然天空，帶給他一個靈感。

地面反射的光線經過散射，使得天空變得像是晴天的毛玻璃般白濁明亮。這是證明該處有一道結界護壁的淺顯特徵。

（只靠「扮裝行列」無法逃離達也的「眼」。）

（既然這樣，將「扮裝行列」與「鬼門遁甲」組合起來呢？）

（這裡之所以還沒被找到，是因為不只是我的「扮裝行列」，周公瑾建構的「蹟兵八陣」也阻止達也接近。）

（「蹟兵八陣」沒辦法帶著走。）

（但如果是現在的我，可以同時施展「鬼門遁甲」與「扮裝行列」。）

（「鬼門遁甲」是欺騙方位的魔法。）

（達也應該也已經擬定「鬼門遁甲」的對策，不過……）

「……這樣肯定行得通。」

光宣堅定低語。但他深鎖眉心的皺紋沒有完全消失。

（問題在於複製的情報體要貼在合適的替身……）

逃離計畫還欠缺一塊重要的拼圖。

◇　◇　◇

二〇九七年七月十二日星期五，上午七點。國防陸軍情報部的祕密幹部會議，以簡單的開場白宣告開始。

這不是定期會議，也不是正式會議。是只在認定必要的時候舉行的非正式集會。認定事態必要而召集陸軍情報部的幹部開會。這場會議顯示情報部認為現在發生此等緊急事態。

「雖然沒能查明哪些人正在潛伏，不過可以確定USNA軍非法魔法師暗殺小隊已經入侵首都圈。」

「illegal MAP嗎……」

即使在USNA軍內部也稱為「非法」的這支暗殺部隊在國內搞鬼，是足以稱為緊急事態的案件。

「明明沒能發現成員，憑什麼判斷他們確實入侵？」

情報部沒對外公開的副部長這麼問。

「七月十日的入境記錄，發現很可能是illegal MAP成員的身分資料。」

首都圈防諜部隊防諜十課的犬飼課長就這麼坐著回答。此外「十課」這個名稱不是「第十課」的意思，在師補十八家之中，和陸軍情報部有著密切互助關係的十山家與該單位是直接的合作夥伴，因此該單位命名為「十課」。

「十日嗎……看來早就鎖定了。」

聽到副部長這句呢喃，沒人開口要求說明。隨著新蘇聯艦隊撤退，政府在十日的上午九點半宣布空路與海路回復正常。預料到外國特務會趁著管制變鬆散的時間點入侵，機場與港口都加強戒備。

但是至今被擋在門外的來日旅客一口氣湧入，無法徹底逐一檢查的海關還是被乘虛而入。

——在場列席的情報部所有幹部都對此深感遺憾。

「偷渡入境的人員規模呢？」

特務一課的恩田課長詢問犬飼課長。

「他們辦理正規手續入境，所以與其說是偷渡，應該說是非法入境……不過推定是特務的入侵人數是十人。已知illegal MAP由三個分隊組成，大概是派了其中一支分隊過來吧。請看這份資料。」

犬飼回答之後操作手邊的控制台。最後一句話是對所有列席者說的。

擺在各成員前方的桌上型終端機螢幕顯示護照資料。每人一頁共十頁的資料檔案。也有人從桌上置物架拿起智慧型眼鏡戴上。

看準列席者瀏覽完資料之後，犬飼再度發言。

「過於信賴護照很危險，不過從容貌與假名的特徵來看，推測入侵的是馬頭分隊。」

「預設用來對付大亞聯盟，以東亞血統魔法師為主的暗殺部隊嗎……」

情報部沒有illegal MAP成員的個人資料，不過正試著刺探該部隊的組成。一名列席者提到的人物特徵，和他們面前顯示的影像一致。

「查出他們的目的了嗎？」

坐在副部長旁邊的人發問。

「不，可惜沒查到。但是鑑於現今的情勢，推測很可能是要暗殺司波達也。」

犬飼嘴裡說推測，卻以透露自信的語氣回答。

「說得也是。我也有同感。」

恩田課長支持犬飼的推測。

「我們上上個月嘗試矯正那個人但失敗了，請問這次要如何處置？」

接著他向副部長請示如何處置illegal MAP。

「恩田課長，你認為呢？」

副部長沒回答這個問題，反而徵詢恩田的意見。

恩田回答之前，和犬飼四目相對不到一秒。

在這短暫的時間確認彼此想法一致。

「如果不考慮思想與個性，那個人是對我國有益的人物。即使不會照我們的意思行事，應該也可以進行交易。」

「經過星期二的媒體報導，他身為擊退新蘇聯艦隊的新戰略級魔法共同研發者，成為家喻戶曉的人物。要是事態演變成那人被外國『恐怖分子』傷害或殺害，政府肯定將飽受國民抨擊。」

繼恩田課長之後，犬飼課長以間接的形容方式向副部長表達意見。

「也對。必須阻止illegal MAP暗殺司波達也。我們原本就沒道理放任外國特務胡作非為，扭曲原則也得不到什麼好處。」

即使是間接的形容方式，副部長也沒誤解兩人的建議。

「犬飼課長。」

「是。」

聽到副部長以鄭重語氣點名，犬飼從座位起身。

「給遠山士官長一個挽回名譽的機會。」

副部長對立正的犬飼如此下令。

◇　◇　◇

上午七點三十分。雖然正確的時間點落在前後五分鐘的範圍內，不過深雪與莉娜在開始上課約半小時前抵達第一高中的學生會室。

泉美迎接兩人到來。昨天看過深雪喬裝的泉美毫不疑惑，相對的，另一名學妹頭上冒出大大的問號。今天不只是泉美，詩奈也一大早就來到學生會室。

「詩奈學妹，妳來得好早，怎麼了？在意什麼事嗎？」

解除喬裝的深雪詢問詩奈。詩奈驚訝看著她的變貌。

深雪沒強迫學生會幹部進行晨間活動。她自己平常到校之後會直接前往教室。泉美從以前就經常早早到校工作（好像是基於某些理由不想待在家），不過難得看到詩奈在上課前來到學生會室露面。

「是的，不，那個……」

詩奈含糊回應。視線重新對上之後，發現她臉上也因為遲疑而蒙上陰影。

「……會長，其實……有件事想告訴您……」

詩奈說到一半結結巴巴，好不容易只說完這句話。

「告訴我？要換個地方嗎？」

詩奈一副欲言又止的模樣。深雪從她的表情看出這點，提議找地方單獨聊。

「深雪學姊，我今天早上就此告辭。」

泉美若無其事起身，向深雪行禮致意。

「好的，辛苦了。放學後見。」

深雪不會沒察覺泉美的真意。她也以自然的語氣回應泉美。

「好的。那我先走了。」

泉美走出學生會室。

「深雪，我也去教室喔。」

莉娜至此終於察覺泉美是貼心離開，以有點慌張的不自然態度走向門口。

深雪微笑目送她的背影，在關門聲響起的同時重新面向詩奈。

「詩奈學妹，坐吧？琵庫希，麻煩準備飲料。」

「遵命。」

在達也命令之下常駐於學生會室的琵庫希，依照深雪的吩咐操作自動飲料機。在深雪面前擺上冰咖啡歐蕾，在詩奈面前擺上冰可可（糖漿增量）之後，琵庫希回到房間角落。

詩奈一臉緊張地拿起冰可可的玻璃杯。她潤喉之後依然不改僵硬表情，遲遲開不了口。

深雪沒催促詩奈，一派輕鬆地拿起冰咖啡歐蕾的玻璃杯。朱紅的嘴唇包覆半透明的吸管。雪白喉頭微微蠕動，在輕輕吐氣的同時將玻璃杯放回桌面。

從玻璃杯揚起視線的深雪，發現詩奈目不轉睛注視著她。

「……怎麼了？」

距離開始上課還有時間，深雪原打算等到詩奈主動開口。不過這雙視線終究令她覺得可疑，忍不住這麼問。

「啊！那個，不，那個，其實家父與家兄……！」

總不能坦承「學姊迷人到令我看得出神」，詩奈就這麼臉紅地連忙切入正題。

深雪當然察覺詩奈態度不自然，但她這種慌張方式對於深雪來說是頗為熟悉的光景（只是不知道原因），也依照經驗明白最好的對應方式是置之不理，所以深雪默默等待詩奈說下去。

「……家父與家兄，想要將司波學長的計畫，打……打小報告給……國防軍……」

詩奈愈說愈小聲。

即使如此，也足以讓她面前的深雪聽到。

此外在這三個月，詩奈稱達也為「司波學長」，稱深雪為「會長」。深雪很清楚這一點，如今不會誤解。

「達也大人的計畫？是那天叨擾的時候提到的那件事嗎？」

「是的……就是那件事。」

深雪詢問的語氣不嚴厲，但詩奈一臉戰戰兢兢，連姿勢都和聲音一起變小。

深雪說的「那天」是指達也造訪三矢家獲得中途島防衛體制相關情報的那一天。當時三矢元詢問達也打聽情報的意圖，達也回答「是為了判斷能否讓中途島監獄監禁的魔法師脫逃」。詩奈說她的父親與哥哥要向國防軍密告這件事。

「這樣啊……這是沒辦法的。因為妳的父親與兄長也有自己的立場吧。」

深雪覺得像是自己在折磨詩奈，不敢詢問細節。其實深雪非常好奇三矢家要向國防軍的哪個人密告，但詩奈不一定知道這麼多。與其因為逼問導致和學生會的學妹變得尷尬，深雪判斷不如自行調查。

「家兄說要向『一〇一旅的佐伯少將』告狀。」

只不過，深雪的貼心是多餘的。無須她多問，詩奈就主動告知密告對象。

出乎意料聽到熟悉的名字，但深雪沒受到打擊。詩奈只告知三矢家要將情報透露給佐伯，並不是佐伯要背叛達也。但即使真是如此，深雪也只會感到意外吧。

對於將危險工作塞給達也的佐伯與風間，深雪本來就沒什麼好感。要是佐伯站在對達也不利的立場，深雪只會毫不客氣將一〇一旅視為敵人。

「詩奈學妹，謝謝妳。我會轉達給達也大人。」

只不過，一定要通知達也才行。

深雪這麼認為。

◇◇◇

昨天獲得休假擔任自家使者的藤林，今天一如往常在上午八點出勤。她的職務是獨立魔裝大隊隊長的副官，任職地點是大隊司令部。不必出動進行作戰的時候，霞浦基地的大隊司令官室就是她的職場。

司令官室的主人風間出勤時間不固定。有時候下午快過完都不見人影，有時候也會比藤林還早就定位。

即使藤林上班時間比風間晚，風間也沒多說什麼。說起來這個房間的門設定為八點才會開。藤林不知道風間是怎麼進出的。雖然一直好奇，但她直覺認為最好別問，也遵從直覺至今。

藤林開始工作十分鐘後，風間現身了。藤林立刻從自己座位起身，在風間坐到辦公桌後方的時候，走到他正前方行禮致意。

進行制式問候，確認本日行程與旅司令部的指示。早上的例行公事結束之後，風間詢問昨天的過程與結果。

「司波達也先生他……」

藤林使用「達也」與「大黑特尉」以外的稱呼開始報告。

「聽到藤林家當家希望由自家人逮捕九島光宣，他也自願參與逮捕行動。藤林家當家接受了他的請求。」

這不是軍方的作戰，藤林本來沒有義務報告，但她與風間都一副理應報告的樣子。

「日期與地點呢？」

「明天正午會在富士風穴西北方的國道會合。」

「這樣啊。妳辛苦了。」

「是。」

藤林敬禮之後回到自己的座位。

風間沒開啟桌上型終端機，身體靠在椅背。先是抬頭看向天花板，接著像是打瞌睡般低頭。

藤林偷瞄風間的臉。她完全不知道長官在想什麼。

七月十二日星期五，達也從早上就窩在住家地下樓層設置的研究室。他的頭腦全力運作，要從藤林所提供「扮裝行列」與「蹟兵八陣」的資料找出破解這兩個魔法的方法。

兩者都是光宣用來藏身的魔法。必須讓「扮裝行列」與「蹟兵八陣」失去完整的效果，否則無法找到光宣帶走的水波並且將人救回。

研究的目的始終是搶回水波。前提條件是確定水波所在地。達也著手解析「扮裝行列」與「蹟兵八陣」，另一方面也不曾忘記原本的目的。雖然身體窩在地下研究室，但他的精神經由魔法知覺能力定期監看水波的狀態。

下午三點多，他的「眼」捕捉到變化。

不是狀況惡化。對於達也來說反倒是如他所願的變化。

（結界開了一個洞？）

隱蔽光宣與水波所在處的魔法效果淡化。減弱的是「蹟兵八陣」。雖然不是解除偽裝，但是現在應該可以前往現場強行破解結界。

只不過，魔法是局部減弱。達也在意這一點。

（這是……有人鑽過結界？）

不是直接破壞偽裝結界，也不是依照正規程序通過。

某人找到後門，由該處入侵「蹟兵八陣」的結界，導致結界留下小洞——這是達也對此留下的印象。

（藤林家偷跑了……？）

達也首先懷疑這個可能性。明天中午要和藤林家會合，達也和當家藤林長正已經達成這個共識。但是藤林家當初對達也說過，希望只由他們逮捕光宣。

（可能性不低。但是不能斷定。）

鎖定光宣的不只是達也與藤林家。十師族也在追捕光宣，國防軍也有出動逮捕光宣的跡象。除此之外，日本還有自古以來將「魔」視為「汙穢」當成眼中釘的集團。寄生物對他們來說也是應當消滅的「魔」吧。這種勢力也可能採取行動。

（觀望一下嗎……）

不明就裡貿然進攻，可能只會造成敵人增加的結果。

達也暫時中斷「蹟兵八陣」的解析（「扮裝行列」的分析已經告一段落），決定先向四葉本家詢問是否有第三勢力介入。

◇　◇　◇

下午三點，光宣在飯廳和水波同桌而坐。

住在老家的時候，也就是直到短短一個月前，光宣都沒有「喝下午茶」的習慣，但是他沒有「拒絕水波的邀約」這種選項。

光宣面前擺著無糖紅茶，水波面前是奶茶。茶點是荔枝慕斯，不用說，當然是水波自製的。

光宣在這個祕密住所吃到的食物都是水波親手製作，容貌過於俊美反而造成年齡＝單身年資的光宣，從水波料理獲得的感動不曾減少。他暫時忘記擄人的內疚，細細品嚐「女生自製甜點」的美味。

只不過，他沉浸在愉悅的時間很短。狀況不容許他逃避現實。只限於享用荔枝慕斯的時候能陶醉於幸福。光宣放下湯匙之後，以認真的眼神看向水波。

水波的玻璃碗還剩下約四分之一的慕斯，但她一看見光宣的視線就將雙手放在大腿。

水波正面注視光宣。

「那個……」

光宣激勵差點畏縮的自己，進入正題。

「我想在這兩天搬離這個藏身處。」

「好的。」

水波只有簡短回應，以眼神催促光宣說下去。

「預定先到橫須賀。」

事到如今，光宣也不再吞吞吐吐。

「然後在那裡搭美國海軍的船，離開日本。」

「──！」

水波的臉因為驚愕而僵住。逃亡出國。過於出乎意料，她一時之間說不出話。

「抱歉。」

即使光宣道歉，她也連「為什麼事情道歉？」都問不出口。

只不過，這種事無須詢問。

「我說過不會催促妳回答，但我必須收回這句話。」

水波放在大腿的雙手用力握拳。不只是手，手臂到肩膀都無謂使力。

「如果現在可以決定，請妳回答我。如果妳的答覆是想繼續當人類，我會自己一個人去橫須賀。」

「…………」

「如果還決定不了，請在抵達橫須賀之前做出結論。如果到時候妳說不想成為寄生物，我會自己一個人上船。」

「…………」

「如果妳到時還在猶豫——還願意猶豫，希望妳和我一起上船。我發誓即使在那個場合，也絕對不會違反妳的意願。即使美軍說要限制妳的行動，我也不准他們這樣亂來。」

「……去哪裡……」

說不出答覆的水波，只勉強擠出這個問題。

雖然只有短短三個字，但她這麼問的意圖無從誤解。

「……抱歉，這我還不知道。」

然而光宣沒能回答這個問題。

丟臉的感覺填滿光宣內心。

在這個想法的驅使之下，他準備開啟和雷蒙德的意念通訊。

「西北夏威夷群島。應該是中途島或旁邊的珍珠與赫密士環礁。」

但在通訊之前，光宣沒聽過的這個聲音回答他了。

「是誰！」

光宣頂開椅子起身。

倒下的椅子發出響亮聲音，但光宣沒餘力在意。

待在飯廳的只有光宣與水波才對。

位於這座宅邸的只有光宣與水波才對。

這裡不可能有個僧侶外型的高瘦男子。光宣不只是沒發現結界被破，甚至沒察覺對方入侵這個房間。

「八雲僧都大人？」

水波驚叫起身。她的驚訝性質和光宣不太一樣。

不知何時站在這個房間的僧侶外型男性，是達也稱為「八雲師父」，深雪稱為「八雲老師」的忍術使——九重八雲。

「聽到年輕少女使用僧字輩的稱號稱呼，總覺得難為情啊。」

「……不好意思。」

「不，沒關係。這就某方面來說感覺不錯。」

水波以僧字輩——僧侶的階級稱呼八雲。水波經由達也的介紹認識八雲，但八雲對她來說不是應該稱為「師父」或「老師」的對象。

就算這麼說，但達也說過「和尚大人」這個稱呼嚴格來說不正確，所以水波猶豫到最後決定使用「（八雲）僧都大人」來稱呼。

順帶一提，水波不是第一次以僧侶階級稱呼八雲，水波與八雲每次見面都像是當成問候語般進行同樣的對話。

「話說水波，妳的男友不知所措喔。」

「男……男友……」

「這麼純情啊。達也可不想看到這種反應。」

光宣與水波一起臉紅低頭，八雲會心一笑般瞇細雙眼。

雖然這麼說，但是自己沒表明身分就講不下去。八雲也有這種程度的正常思考邏輯。

「你是九島光宣吧？我是九重八雲。職業是出家人，真面目是『忍者』。擅自闖進來敬請見諒。因為偷偷潛入算是我們的習性。」

其他忍者——「忍術使」聽到這句話可能會憤慨，但八雲一反輕浮語氣非常正經。大概是他的心態傳達過來，或者是被他的玩笑話唬得一愣一愣，光宣稍微放鬆警戒。

「……看來您認識我，但我姑且做個自我介紹。我是九島光宣，是『寄生物』。」

光宣的自我介紹是一種挑釁。

「嗯，我知道。」

但八雲只是爽快點頭。反倒是光宣一副計畫落空感到羞恥的反應。

「——不好意思，關於您剛才所說……」

光宣強壓難為情的感覺，將話題轉移到這個不容忽略的疑問。

「美軍的寄生物要帶『我們』到中途島，這是真的嗎？」

光宣下意識決定水波也會同行。光宣對此沒察覺，水波也沒發現。

「是去中途島還是珍珠與赫密士環礁，連我也不知道。」

雖然以裝傻語氣回答，但八雲已經將候補地點縮小到中途島以及珍珠與赫密士環礁這兩處，光宣沒誤解這一點。

如果這是真的，八雲的諜報能力也過於驚人。

光宣的背脊滑過冷汗。即使是將爺爺九島烈當成敵人對峙的那時候，都沒感受到此等戰慄。

「到底是……怎麼做……」

到底是怎麼做才查出這些情報？光宣沒能問完這個問題。他的氣撐不到最後。

「怎麼做嗎？當然是祕密。」

然而八雲的回應始終輕浮，感覺像是會朝這裡使眼神——但他看來終究自重了。

水波已經放鬆肩膀的力氣。八雲的態度使她無法持續緊張。

但是光宣持續警戒，緊張到無從誤解的程度。

「不提這個，進入正題吧。你想一個人上船還是兩個人繼續私奔，我都不在意。但如果你要離開這個國家，希望你承諾一件事。」

「……我抓走水波小姐也沒關係嗎？」

光宣刻意使用「抓走」這種強烈的形容方式。

「你不會勉強吧？」

但是八雲的語氣依然逍遙自在。

「那麼外人就沒道理阻止。畢竟我可不想妨礙別人的戀情。而且你這個寄生物從這個國家消失，對於『我們』來說是值得歡迎的事。」

這個複數人稱代名詞暗藏玄機。但是現在的光宣沒餘力注意這一點。

「——什麼承諾？」

八雲的態度完全沒有強迫性，但是光宣從他表情與態度以外的部分一點一滴承受到壓力。這股重壓如今即將壓垮光宣的意識。

「扮裝行列的術式與訣竅，希望你可以保密。當然不能傳授給任何人，也希望你細心注意術式別被偷走。」

八雲直到剛才的語氣都難以捉摸，聽不出真正的想法。但是現在這段話變得不會令人誤解他的意圖與認真度。

「如果你承諾這件事，那我也保證不會妨礙你們私奔。」

換句話說，如果拒絕八雲的要求，八雲就會協助達也或其他想逮捕光宣的勢力。

這對光宣來說是不容忽視的弊害。

八雲擁有突破光宣偽裝與隱蔽魔法的能力，從他現在位於這裡的事實就顯而易見。即使只有八雲一人，光宣恐怕也會被他抓住逃不掉。光宣同時以理性與直覺如此判斷。

光宣原本就不想在逃亡之後廣為傳授「扮裝行列」，也不想對其他寄生物亮出自己的底牌。

「——我保證。」

對於光宣來說，只是將自己的預定加上口頭約定的拘束力。拒絕八雲要求的選項不存在。

◇　◇　◇

體重壓在椅背，半開的雙眼朝向虛空。達也不是在地下研究室，是在頂樓的自己房間沉思。

他之所以中斷研究，是因為光宣在祕密住所軟禁水波（達也這麼認為）的隱蔽結界有異狀。

雖說是異狀，卻不是對達也不利的變化。反倒可以說狀況好轉，更利於救出水波。

結界出現小小的洞。不足以看透內部，結界本身的機能也沒受損。至少達也在調布自家經由情報次元觀測，無法從這個破綻查出祕密住所的真正位置。

不過有道是「千丈之堤，以螻蟻之穴潰」。在這個場合應該不是當作諺語使用，而是更接近字面原本的意思吧。從剛才發現的小洞，或許可以摧毀隱藏水波所在處的結界「蹟兵八陣」。

問題在於這個「洞」的成因。結界經年累月劣化破洞的可能性也不是零，不過此時應該從考慮範圍排除。

為什麼出現了這個「洞」？

是誰挖出這個「洞」？

如果不知道原因就難以出手。因為考量到可能會在現場和這個「人物」起衝突，反而導致協助光宣逃亡的結果。

為了得到相關情報，達也剛才打電話給四葉本家。目前正在等待回覆。

打電話問完至今已經快一個小時。達也不認為立刻就查得到，但花費的時間比預料的久。

不過催促只會造成反效果吧。為了隨時可以出動，達也穿著飛行裝甲服「解放裝甲」，頭盔也擺在手邊，但他差不多開始想穿著這套裝備先回研究室了。

剛好在達也決定回到地下樓層的時間點，下午的四點十分左右，他第二次察覺發生異狀。

（結界被破了？）

大約一小時前感應到異常的時候，達也就持續監視著隱藏光宣與水波的「蹟兵八陣」結界。從「遠處」觀測以免對方察覺。這裡說的「對方」不只是光宣，也包括在結界開洞的某人。

如今，達也的「精靈之眼」捕捉到又有其他人物打破結界侵入內部。

隱蔽結界「蹟兵八陣」瞬間修復，但是達也在這短暫時間清楚「視認」結界內部。由於是從

「遠處」觀測，所以無法連入侵者的身分都看清楚，但他已經「看見」成為結界焦點的「宅邸」情報。

（這次真的確定座標了。）

可惜達也光是看清楚藏在結界的祕密住所位置就沒有餘力。光宣當然不用說，達也沒能精確掌握水波的現在位置，也沒能射出追蹤用的標記。即使如此，這依然是大好機會。

達也緊急操作視訊電話。

『——達也大人，這裡是兵庫。』

不必等鈴響三聲，畫面就映出花菱兵庫鞠躬的上半身。

『您剛才詢問的事項還沒能確認。非常抱歉。』

「不，我不是要問這件事。」

兵庫搶先道歉，達也委婉表示並不是在催促。

然後達也在兵庫再度進行無意義的道歉之前進入正題。

「就在剛才，我觀測到某人入侵九島光宣的祕密住所。」

『和您剛才通知的事件不一樣嗎？』

「應該不同人。因為這個人突破結界的手法比剛才那個人粗糙。」

雖然形容為粗糙，但達也沒有嘲笑的意圖。對方突破他沒能突破的結界（應該）是事實。始終是和剛才在結界打洞的人做比較。

「結界的破綻已經修補完成，但我確定祕密住所的位置了。」

『那麼您要前往當地吧？』

「我要使用『無翼』。」

達也告知移動手段，藉此肯定兵庫的詢問。

「無翼」是設計為和飛行裝甲服「解放裝甲」成套運用的電動機車。雖然和「飛行車」具備同樣機制的飛行功能，但是不適合長程飛行。

『這樣啊。雖然比較花時間，但屬下認為走陸路可以免於無謂刺激當局。』

這個星期一，達也駕駛「飛行車」往返於調布與巳燒島，穿著解放裝甲飛行到高尾山西側。這幾趟高調的擅自飛行，肯定相當刺激到管理國內航空的官員。此外，這也是未經准許就使用魔法。如果嚴正套用法律，達也何時被逮捕都不奇怪。兵庫說「不應該無謂刺激當局」的這句話和達也的想法一致。

「如果查到什麼情報，麻煩用裝甲的無線電連絡。」

『遵命。路上請小心。』

兵庫恭敬行禮，達也點頭回應之後，便切斷視訊電話的通話開關。

◇　◇　◇

八雲身影從飯廳消失約一小時後，桌上收拾得乾乾淨淨。但水波依然坐在光宣前方。不是被光宣留住。單純只是沒事做所以坐著。

水波待在飯廳的時間比寢室長。沒做家事的時候大多坐在餐桌前面。和平常不一樣的是光宣。水波話不多，光宣不擅長閒聊，兩人同樣拙於和異性交談。不過水波不以沉默為苦，相對的，光宣經常覺得靜悄悄不說話很尷尬而躲進書房。

但是今天的光宣即使面前餐具收走，超過十分鐘沒有對話，依然坐在餐桌前面不動。本來光宣沒空一直坐著，他已經決定明天就要離開這個祕密住所。

逃亡的時候無法帶著大包小包走，但是最底限的生活用品還是不可或缺。換洗衣物也要拿這座宅邸的備品。如果逃亡目的地是國外，最好還是製作假護照以防萬一。至少必須預先安排，以便在移動的過程中取得。

光宣也知道不能浪費時間。但他還是沒轉為採取具體行動，因為八雲的來訪（入侵）令他大受打擊。

光宣不認為「這座宅邸的隱蔽結界不會被破解」。無論是「鬼門遁甲」或「扮裝行列」，只要被更強力的魔法或更高階的魔法技術命中就會失效。光宣早就明白這一點，所以決定放棄這個然而八雲不是打破或解開「蹟兵八陣」的結界，也不是以正規程序通過，而是從光宣也不知道的縫隙鑽進來。

水準差太多了。

如果八雲加入追捕行列，光宣肯定早就已經被逮。而且考慮到達也與八雲的關係，沒變成這種結果的現狀才令人不可思議。

——九重八雲究竟在想什麼？

——是基於什麼想法放任我自由行動？

這種疑念從剛才就抓著光宣不放。

他擺脫這份迷惘的契機，在於隱蔽結界遭受新的攻擊。

「結界被穿透了？」

雖然無法連身分都查明，但是某人讓部分結界暫時失效之後入侵內部。不是將組成結界的魔法構造式破壞，應該是射出反相波中和結界的效果。光宣這次知道是這麼回事。

因為是以中和方式消除效果，所以結界在攻擊停止之後回復功能。一旦入侵就不必維持中和術式。現在隱蔽結界已經復原。

「……是『訪客』嗎？」

聽到水波這麼問，光宣察覺坐在正對面的她露出不安表情。光宣自以為剛才是在內心低語，卻想到自己應該說出口了。

「放心。我不會允許任何人碰到妳一根寒毛。」

自言自語害得水波不安，這絕非光宣所願。這份心情令他說出這番話。而且為了不讓這番話成為謊言，光宣的注意力已經朝向入侵者。

光宣沒認知到自己這番話是熱烈追求異性的話語。或許也因為這樣，所以他也沒察覺水波臉頰泛紅。他將注意力集中在入侵者的氣息。

光宣察覺結界被突破約五分鐘後。

他起身走向飯廳的門。

他知道穿越結界的人已經成功入侵宅邸。

「請進。」

光宣打開門。

「沒想到您會來到這種地方……父親。」

入侵者的真實身分，光宣已經以「精靈之眼」掌握。

「打擾了。」

九島家當家暨光宣的父親——九島真言老神在在地走進飯廳。

◇◇◇

『達也大人，請問有聽到嗎？』

達也從調布大樓出發沒多久，兵庫的通訊傳送到他的頭盔。

「收訊良好。查出什麼了嗎？」

『我們家以外的十師族都沒有派人到青木原樹海。國防軍也沒有類似的行動。』

「換句話說是軍方與十師族以外的人嗎？」

達也立刻察覺兵庫委婉告知的事實。因為如果沒查到任何線索，他肯定不會這樣聯絡。

『關於細節，查到情報的本人好像想親自向您說明。』

是誰？達也正要這麼問的時候……

『達也哥哥，抱歉在駕駛的時候打擾了。』

這個「本人」的聲音插入對話。

「文彌嗎？」

達也沒問文彌為何沒上學。他認為至少自己沒資格這麼說而停止詢問。

「事不宜遲，告訴我吧。」

相對的，他催促文彌說出調查結果。

『好的！』

文彌高興的聲音傳回達也耳中。得到達也的依賴令他感到開心，簡直是幼犬的反應。

『九島家的當家與次男，從今天早上就下落不明。』

「你們一直在監視嗎？不，說得也是。」

無須重新說明就知道，光宣是九島家的一分子。說到光宣能夠依賴的對象，除了周公瑾的人際網路，首先列舉的就是九島家。達也這句「說得也是」就是根據這一點。

『是從星期二開始的……』

至於「星期二」是水波被擄走的第二天。

光宣抓走水波的時候使用了寄生人偶。那種人型魔法兵器是以九島家為中心開發的。九島家的前任當家九島烈為了阻止光宣搶走寄生人偶而喪命。這個事實使得九島家免於被懷疑和光宣共謀，但要斷定九島家是清白的話還太早。

九島家的當家是九島真言，而且前任當家烈和現任當家真言的感情不算好，這是眾所周知的事實。

真言與光宣的相處也絕對稱不上良好，然而他們畢竟是親生父子，不應該排除真言協助光宣的可能性。

文彌支支吾吾的發言來自這段反省。擄走水波時投入的寄生人偶數量，估計比九島烈遇害時被搶走的機體數量還多。如果預先監視九島家，或許能遏止大量投入寄生人偶發動的自爆戰術。只要沒發動那個戰術，十文字家的迎擊部隊就不會被突破，水波也不會被帶走吧。

「人手不足是沒辦法的事。最近各種事件發生的時間過度重疊。」

但是達也沒有責備文彌的意思。

三十四年前，四葉家和當時統治東亞大陸東南區域的大漢打得兩敗俱傷而失去的戰力，在這三十年來回復了一大半。即使如此，四葉家現狀依然是以「質」彌補「量」的不足。缺乏在各方面同時布署戰力的餘力。

而且，現在遭受各方面同時攻擊的這個狀況是達也本人引起的，文彌是受到波及，甚至害他落得必須喬裝為巫女。達也向他亂發脾氣的話會遭天譴。

『聽您這麼說，我內心就舒坦多了。』

文彌以打從心底感到羞愧的聲音這麼說。

「從一開始就不必在意。所以九島家的當家與次男從今天早上就不見人影？」

不過達也很乾脆地當成耳邊風，以這句反問確認。

『是的。不過派去監視的人員只有「差強人意」的能耐，所以兩人也可能昨晚就動身。』

「不，考慮到從生駒移動到青木原的時間，他們應該是今早離開九島宅邸。」

『他們果然暗中和九島光宣掛鉤嗎？』

「很有可能。不過這應該不在光宣的預定之中吧。」

『是指父親與哥哥造訪祕密住所嗎？』

文彌的發言完全以九島真言與九島蒼司入侵光宣的藏身處為前提。雖然還沒這麼斷定，但達也沒特別指摘。

因為達也也認為八成是這樣沒錯。

「如果預先和光宣說好，他們就不必突破結界。即使剛才造訪光宣的是九島真言，應該也不是密切聯絡之後的行動。」

『啊，原來如此。』

「我會直接前往青木原。」

『不必協助嗎？』

「被他逃掉的時候大概需要。」

『知道了。我會預先待命。』

達也結束和文彌的通訊，讓機車加速奔馳。

◇◇◇

九島真言拿起茶杯喝口茶，滿意地呼出一口氣。不是冰的，真言要求熱紅茶，由水波為他準備。

「是時候可以請教您的來意了吧？」

正如他本人以「是時候」這三個字開頭所示，光宣是抓準時機發問。之所以請水波備茶，也是為了讓光宣自己重整態勢。

即使事先知道入侵者的真實身分是父親，實際見面還是免不了慌張。

「在這之前，方便讓蒼司進來嗎？」

「蒼司哥哥也來了？」

光宣的語氣透露著意外，但這是裝出來的。結界外面停著兩輛大型自用車，蒼司坐在車上，光宣已經以「精靈之眼」掌握這些情報。

只要對象不是達也，光宣就能隨意使用「精靈之眼」，不必擔心被反向偵測。而且結界不是被拆散而是暫時中和，從這個手段就知道入侵者不是達也。

真言看起來沒察覺光宣在作戲（或者是沒表現出察覺的樣子）點了點頭。

「嗯。預定由他當你的替身。」

「……細節我等蒼司哥哥過來會合再請教。」

光宣經過一段不自然的停頓才回應。他再度在真言面前露出慌張模樣。

「我去迎接吧？」

水波的這個要求，或許不只表現出她身為侍女的職業意識，也是協助光宣取回自己的步調。

「謝謝。不過沒關係，我叫女機人去迎接。」

逃進這裡的時候當成駕駛使用的戰鬥用女機人，光宣沒改造為寄生人偶，而是設為休眠狀態在門廳待命。光宣從胸前口袋取出扁平的終端裝置，輸入解除休眠的指令，命令女機人去迎接「訪客」。

光宣將終端裝置收回胸前口袋，拿起自己的茶杯喝茶。

真言也拿起茶杯。

水波進入廚房準備下一份紅茶。

在她回來之前，光宣的哥哥——九島家次男九島蒼司出現在飯廳。

見到光宣的蒼司略顯畏縮。在生駒自家遭受光宣襲擊時的記憶與恐懼還沒淡化。

「哥哥，請坐這裡。」

「不用客氣。蒼司，坐吧。」

在光宣的催促與真言的命令之下，蒼司維持僵硬表情，默默坐在父親身旁。

此時水波以托盤端著茶杯回來了。她面對蒼司釀成的緊繃氣氛也面不改色，從真言與光宣面前收走用過的茶杯與茶碟，在三人面前擺上新的紅茶。

「水波小姐。這裡沒什麼事了，所以不好意思……」

光宣以含糊語氣要求水波離席。

「知道了。」

水波率直答應，恭敬鞠躬之後離開飯廳。

「其實我不在乎讓那個女孩在場。你放棄人類身分的最後契機是她吧？」

「我就是為了她而成為寄生物。」

光宣以堅定語氣回應父親這句話。真言將水波說成像是某種「附屬品」，聽在光宣耳裡不是滋味。

「這樣啊。」

對於自己和兒子的情感差距，真言不禁微微一笑。表情看起來也像是嘲笑，但光宣這次沒反彈。

「所以，請問您為何特地跑這一趟？」

光宣的遣詞用句非常客套，但這不是現在才開始的。光宣與真言的關係從好幾年前就徹底結冰。真言對光宣的態度幾近棄養，要不是看在爺爺烈的分上，光宣肯定已經以不同於現在的另一種形式拋棄人類身分。

「想說你是不是需要協助。」

「協助？」

光宣露出的驚訝表情不是造假。難以想像事到如今居然重燃父子之情。光宣無法理解父親為何向他伸出援手。

「你現在這樣逃不掉。」

真言已經察覺光宣的疑念，卻沒主動說明為何提供助力。

「即使要使用扮裝行列瞞過追兵的眼睛，用來套用幻影的『容器』也不夠吧？」

「……除了蒼司哥哥，您還會準備其他『演員』嗎？」

光宣以問題回答問題，間接承認真言的指摘。

「除了蒼司都是機人，但如果只是當成扮裝行列的『容器』，應該不必是真人吧。」

「……謝謝父親。換句話說，是要我利用它們離開這裡？」

「沒錯。有地方可去嗎？不介意去台灣或中南半島的話我有管道。只要你想去，我就幫你說一聲。」

表面再怎麼冷淡，父親終究都會關心孩子嗎——光宣可沒這麼想。

「您想把我趕出日本是吧？」

這才是父親的目的。確定這一點之後，光宣終於理解父親的「好意」。

「要是其他十師族知道您給我這個方便，九島家這次真的會在二十八家失去立場，甚至可能在魔法界失去容身之處。所以要在四葉家或十文字家抓到我之前，讓我逃到國外嗎？」

「魔法界」指的是魔法師社會。「二十八家」指的是十師族以及遞補的師補十八家。光宣逼問父親真言是不是想將他驅逐，以免九島家在「社會上」永不超生。

「這也是原因之一。」

真言很乾脆地承認兒子的質問。

「但是更重要的，你是九島家的最高傑作，失去你太可惜了。」

接著朝光宣說出不只薄情甚至無情的話語。

「我會對外宣稱蒼司被你操控。光是這樣，九島家的名譽就會掃地，但是總比寶貴的成品被四葉或七草搶走來得好。」

蒼司身體一顫。父親在身旁明講要將他當成棄子，他不可能沒感受到屈辱。

但是蒼司什麼都沒說。不只如此，甚至完全沒露出反抗態度。

「前置準備已經完成。」

「……您對蒼司哥哥使用了傀儡法？」

光宣詢問父親是否使用了干涉意志的魔法將蒼司打造成傀儡，真言搖頭說「不」。

「我只是好好說明九島家……『九』之魔法師的職責。蒼司也接受了。」

光宣看向二哥蒼司的臉。實在不像是已經接受的表情。

「這樣啊。那我恭敬不如從命。」

但是光宣至此結束和真言的問答。在親情冷淡這一點，光宣也無法批判真言。即使蒼司即將成為替身被抓，個人信用掉到谷底，光宣也一點都不會心痛。就算這麼說，他也不會覺得「活該」吧。最接近光宣的真心話是「怎樣都好」。

「不過，『渡航』的目的地不必勞煩您介紹。『朋友』已經幫忙安排好了。」

「美軍的寄生物嗎？」

對於光宣的回應，真言只說完這句話點點頭。看來九島家當家不想將化為寄生物的兒子納入旗下管理。

「從橫須賀搭船嗎？……不，我還是別問了。什麼時候出發？」

「只要做好準備，隨時都可以。」

「不必『說服』那個女孩嗎？」

真言說的「那個女孩」當然是水波。為了達成「趕走光宣」的目的，別帶走水波才是上策，但真言看來沒要拆散光宣與水波——這部分應該也是「怎樣都好」吧。

「不必。」

光宣以灑脫笑容否定真言的詢問。

「我已經決定不會用任何方式強迫或說服她。」

除了像這樣限制水波的行動，光宣不會違反水波的意願。這是光宣對自己立下的誓言。

「真年輕啊。」

真言理解光宣的決心，不是滋味般低語。

◇◇◇

水波離開九島家父子商量事情的飯廳，移動到分配給她的寢室。這個房間只用來換衣服與就寢，但是除了衣櫃與床鋪，室內還擺放古色古香的寫字桌、小型立式鋼琴以及書櫃。

水波坐在和寫字桌成套的傳統設計椅子上。雖然是沒滾輪的彎式椅腳，但是打造輕巧易於搬動。只不過，水波這種中等體型的女性坐下來應該沒問題，如果是體重九十或一百公斤的「氣派」體格最好別坐。就是這樣的椅子。

寫字桌是打開桌板使用的類型。但是水波就這麼沒打開桌板，側身坐著發呆。

書櫃擺滿現代罕見的紙本書。日文與中文書各半。日文書也包含上個世紀之前的文學全集，對於水波來說反而新奇。她在這座宅邸想轉換心情時都在飯廳讀書度過。

不過她現在也沒向書櫃伸手。她在想事情，處於什麼事都不能做的狀態。

突然被告知要逃到國外。

水波的理性告訴她「不應該跟著走」。

光宣說只要拒絕同行就會放她走。水波雖然覺得「沒臉見深雪」，但在另一方面，內心確實存在著「想回去」的念頭。

理性與感性明明都得出相同的答案，水波卻在猶豫。

因為她的心情沒有統一。

（我又將深雪大人與光宣大人放在天秤的兩端……？）

想回到深雪身邊的心情。

想再和光宣共處一段時間的心情。

水波在這兩種想法之間搖擺不定。

（……我太差勁了……）

——已經背叛主人深雪，卻還想回到主人身邊？

——沒給光宣一個答覆，維持這種曖昧的關係，沉浸在「他不能沒有我」的舒適感？

水波愈想愈覺得自己是卑鄙的人。

她的精神狀態並沒有墜落到無法回復的程度。

「——！是誰？」

因為室內突然出現別人的氣息，將她的戒心激發到最高等級——不，或許該說多虧這個人將她拉回平常的精神狀態。

「抱歉抱歉。」

說來神奇，首先只有聲音傳達到她的意識。

「看來嚇到妳了。」

水波不由得頻頻迅速眨眼。

「僧都大人……？」

聽到聲音從正前方傳來之後，才看見八雲的身影。

「您什麼時候……」

「就在剛才喔。沒敲門是我的錯，但我不想被那邊發現。」

八雲說著轉頭看著飯廳方向。

「不……我只是在想事情，沒關係的。」

擅闖少女房間其實是不能輕易原諒的事，但是水波的心因為驚愕而麻痺所以沒能動怒。

「不提這個，僧都大人您不是回去了嗎……？」

剛才八雲說，希望光宣「承諾一件事」。既然光宣答應了，八雲事情不就辦完了嗎？水波是這麼想的。

「我想通知妳一件事。」

「通知我？」

正如水波所想，八雲要找光宣辦的事情辦完了。水波認為八雲是另外有事要找她。「通知」這種行為大多是要對方依照得到的消息採取行動。

「某人委託達也，希望他從美軍的中途島監獄救出數名魔法師。」

「這……！即使達也大人再強也不容易做到吧？」

「在能力方面沒問題喔。而且這對達也自己也有好處。」

要突破美軍監獄，水波只認為是魯莽的行為。但是她換個想法，認為八雲應該比她更清楚達也的本領。

但是這和自己有什麼關係？水波完全猜不到。

「只不過，畢竟是那種場所，達也好像也遲遲無法下定決心。」

八雲露出壞心眼的笑。

「哎，這也難免。因為達也看來還沒理解這個委託帶來的真正利益。如果只是認識的可愛女生委託，他應該沒意願千里迢迢遠征中途島吧。」

八雲笑嘻嘻強調「可愛女生」。不過水波從他再三提到的地名得知他想說什麼。

「……僧都大人剛才提到，光宣大人的目的地是中途島。」

水波這句話引得八雲「喔？」地稍微睜大雙眼。

「如果我跟著光宣大人走……」

「達也應該會追過來吧。」

八雲的笑容從嘻笑變成奸笑。

「——一直追到中途島。」

「……會嗎？」

「嗯，肯定會。而且他會在中途島『順便』完成劫獄的委託吧。」

「……這會對達也大人帶來莫大的利益對吧？」

「我覺得會成為保障達也與深雪未來的一段情緣。」

八雲的回答超過水波的期待。

「知道了。老實說，我原本在猶豫，不過僧都大人的建言讓我下定決心了。」

「我沒有提供建言的意思，但如果幫得上忙是最好的。」

水波深深向八雲鞠躬。

她抬頭的時候，八雲已經消失無蹤。

◇◇◇

光宣花了大約十五分鐘和真言對話。雖然很快就決定逃亡時接受九島家的幫助，不過必須修整細部程序。

送父親真言與二哥蒼司離開之後（真言直接踏上歸途，但蒼司回到停靠在結界外側的自用車上待命），光宣前往水波的房間。

跨越躊躇之後敲門。

房內傳來「請稍候」的回應。

接著隱約聽到「啪噠」一聲，像是用力關上行李箱的聲音。

大概是在打包行李吧。

為了回家？

還是為了和我一起——

「讓您久等了。」

剛好在光宣腦海冒出這個理想解釋的時候，房門打開了。

「啊，啊啊，抱歉。」

一見到水波，光宣反射性地道歉。

不過水波當然不知道他在道歉什麼。

看著歪過腦袋的水波，光宣的心跳愈來愈快。

「那個……」

光宣勉強調整呼吸要說出來意。

「光宣大人。」

但是話語被水波的聲音打斷。

「要捨棄人類身分還是捨棄魔法，我還做不出結論。」

「這樣啊……」

光宣想隱藏失望心情，卻沒能完全成功。他的聲音透露出沒能封存的真正內心。

「所以，可以再讓我思考一段時間嗎？」

「咦……？」

然而水波後續的話語，使得光宣的表情從扼殺的失望反轉為藏不住的期待。

「我不敢保證能維持多久，如果您這樣也不介意的話，請讓我同行好嗎？」

「好啊，那當然！我很樂意！」

光宣臉上綻放燦爛的喜悅。原本就脫俗的美貌以光輝點綴，彷彿司掌藝術與光明的青年神。

水波懾於光宣的美，同時感覺內心隱約刺痛。

水波說自己在猶豫並非謊言。她害怕自己成為沒用的存在。

無法成為任何人的助力，不被任何人需要。水波盲目地畏懼這種結果。也可以說是偏執性的恐懼吧。這正是水波心目中最壞的未來。

失去魔法的自己，或許再也無法成為「深雪大人」的助力。

放棄成為人類的自己，應該再也無法陪在「深雪大人」的身邊。

水波不禁覺得光宣真的需要她，不懷疑光宣認真要治好她。然而即使現在是認真的，水波也不覺得會一直維持下去。

光宣目前想把我留在身邊。

但是這也不知道能持續到什麼時候。

——我配不上光宣。

——實在無法相信自己的魅力足以擄獲光宣的心。

所以水波在迷惘。

不是假裝猶豫，是真的無法下定決心。

然而聽到八雲所說「保障達也與深雪的未來」這句話，確實成為她決定和光宣同行的關鍵。

——光宣純粹在關心我。

——我想要利用光宣的這份好意。

這是插在水波內心的刺，是心中罪惡感的真面目。

達也抵達青木原樹海的時候，時鐘指針剛走到下午五點不久。

場所是十文字家追蹤部隊在星期一追丟光宣逃亡車輛的地點。達也在當時破解幻術之後首先發現的小徑確認到新的輪胎痕跡。

（這條路是對的嗎？）

達也的意識冒出這個帶點苦澀的想法。他現在知道當時已經精確鎖定祕密住所的座標。這條路是對的。如果那天再稍微堅持找下去——

（……不，這樣假設也沒用。）

當時即使找到凌晨換日，應該也找不到正確的路。今天是因為有人先突破結界，所以達也也看見終點。如果不是從目的地反向探索，就查不出抵達這裡的路線。至少這道結界對於達也來說就是這麼難解的迷宮。

達也將電動機車「無翼」停在路肩，徒步踏入樹海。從機車停放的位置到光宣的祕密住所，直線距離大約七百公尺。靠自己的兩條腿行走也不會花太多時間。就算考慮到小徑應該是蜿蜒延伸，應該也不必十分鐘就能抵達。比起時間的經過，達也更擔心在途中沒注意到岔路。

達也身上這套四葉製作的飛行裝甲服「解放裝甲」，不像獨立魔裝大隊研發的「可動裝甲」具備動力輔助功能。但機械元件比較少，成品也相對比較輕，總重量不到二十公斤。既然是這種程度的重量，達也不必併用魔法也不覺得吃力，跑得出「普通」高中生田徑選手參賽時的速度。

他慢慢開始奔跑，逐漸加速。

◇　◇　◇

（來了嗎！）

光宣不是以「精靈之眼」，是以「蹟兵八陣」的感應功能察覺達也接近。

他依然和水波一起待在祕密住所。並不是為了迎擊達也。「蹟兵八陣」會妨礙魔法形式的偵測。「鬼門遁甲」的固定型陣地結界「蹟兵八陣」或許已經無法阻止達也入侵，但是與其離開結界，待在裡面肯定比較不會被達也找到。

達也入侵結界的瞬間就是分出勝負的時間點。光宣做出這個決定。

「蹟兵八陣」妨礙達也「視力」的這段期間，自行將光宣情報體複本貼在身上的九島蒼司，將會開車載著貼上水波情報體複本的女機人逃出結界。要是達也中計，光宣就趁機帶著水波往反方向逃走。如果沒中計——光宣也做好正面衝突的覺悟。

若能逃離這裡前往小田原，使用「扮裝遁甲」的地理條件就齊全了。「扮裝遁甲」是「扮裝行列」與「鬼門遁甲」的複合魔法。是光宣今天以半天時間建構的即興術式，肯定是只有他知道的魔法。達也再高明也不可能立刻識破未知的魔法——光宣祈禱般這麼想。

明知身為寄生物的自己沒有可以祈禱的神。

◇　◇　◇

（——唔？）

跑得和中距離跑者差不多快的達也，感受到細微卻不容忽視的突兀感而停下腳步。感覺雙腳踩踏的位置稍微偏移，就像是有人輕輕對他掃腿。

（這是「鬼門遁甲」的效果嗎……）

「鬼門遁甲」是欺瞞方位的魔法。達也從以前就知道這一點，但他覺得這是第一次實際感受到「欺瞞方位」是怎麼回事。

騎車的時候恐怕不會察覺，以魔法輔助奔跑的時候或許也不知道。肯定是現在感受著自己雙腳踩踏的地面前進，才察覺到些許的偏移。

（這也是預先知道目標才能察覺。）

這次已經鎖定目的地。走在蜿蜒道路的時候總是確認終點在哪個位置，所以一旦方向失準就能確信這不是自己誤解。

（真是棘手的魔法……）

達也感覺重新見識到東亞大陸流古式魔法「鬼門遁甲」的威力。以他一己之力應該還很難破解這道結界。無論九島家有什麼意圖，目前他們算是幫了達也一把。

達也終於跨越「蹟兵八陣」的界線。

◇　◇　◇

（來了！）

感應到達也入侵的同時，光宣按下指向性短程無線電的開關。

「蒼司哥哥，請出發。」

『知道了。』

通訊機傳來明顯不滿卻毫無反抗氣息的回應。

結界傳來車輛穿透外出的反應。披著光宣情報體複本的蒼司與貼上水波情報體複本的女性型機人進入預定路線。光宣的「精靈之眼」已經「視認」這一點。

（接下來只要達也順利上鉤就好！）

雖然還沒容許達也潛入宅邸，但光宣不由得屏息注視著結界回傳的達也動向。

◇　◇　◇

（這是！水波與光宣……嗎？）

達也感覺踏入結界約一分鐘後，捕捉到突然變得明瞭的水波與光宣氣息。

他重新投以「精靈之眼」。在他的「視野」映出水波與光宣正以時速三到四十公里往北方前進的「情報」。

（出入祕密住所的路果然不只一條嗎？）

確保複數逃離路線以防追兵，這是常識。光宣察覺達也接近而從另一條路逃走，這種事沒什麼好意外的。

只不過——

（——他們要去哪裡？而且這不會太好懂嗎？）

達也覺得光宣的行動不自然，無法完全相信自己的知覺。

雖說好懂，但「扮裝行列」正對光宣與水波的情報體產生作用。不是莉娜使用的術式，是九島家的「扮裝行列」。如果沒有藤林提供的資料，應該無法「看」得這麼明瞭吧。

然而太明瞭了。由於看得過於清楚。達也覺得以這種方式使用魔法，簡直是以被人「看見」為前提。

而且逃離的方向也是問題。「光宣等人」穿越樹海，就這麼沿著公路北上。繼續直走會被西湖擋在前方，往東是從河口湖走中央道路，往西會在本栖湖前方繼續轉為北上進入甲府市。從本栖湖往南走的路線應該可以排除。若要這麼走，最初就應該在離開樹海之後立刻南下。

問題在於接下來的路線。

往東走是東京圈。會進入十文字家的管轄範圍。

往北走有四葉家嚴陣以待。四葉本家的所在地——前第四研的場所是不能告訴其他十師族與魔法協會的機密，不過四葉家已經對三矢家、六塚家、七草家與九島家透露大致位於「甲府到諏訪」的區域。由於沒特別要求守口如瓶，所以除此之外還有一条家、二木家與十文字家應該也知道。

光宣有可能不知道這件事嗎？還是說他打算突破四葉家的地盤繼續逃往北方？

（……那真的是水波與光宣嗎？）

愈想愈可疑。

（……但是沒有置之不理的選項。）

無從保證擁有水波與光宣情報體的那兩人不是本人。

（早知道應該帶幫手過來嗎……）

與其花時間確保人手不如先迅速處置的做法適得其反了。這樣的後悔掠過達也腦海。

他懷抱這份迷惘，掉頭沿著原路往回走。

◇◇◇

光宣從結界提供的情報得知達也再度走出「蹟兵八陣」。

嚴格來說，偽裝的小徑也是結界的一部分，但小徑只有埋入持續布設幻影的機關，沒有賦予監視入侵者的功能。雖然想以「精靈之眼」直接確認達也的動向，但光宣拚命克制這個念頭。

要是他以「眼」看過去，就會被達也感應到。使用監視器或對人感應器等機械手段也一樣。達也應該會立刻察覺開往西湖方向的車是幌子。

太早離開的話會被達也發現。

就算這麼說，也不能一直躲在這裡。誘餌能爭取的時間不多。

這是賭博。

「……水波小姐，走吧。」

「——好的。」

達也的反應從結界內部消失的五分鐘後。

光宣帶著水波離開祕密住所。

穿過樹木環繞的羊腸小徑，來到一條南北向（正確來說是北北東往南南西）的公路。

這裡沒有達也的蹤影。

雖說新蘇聯艦艇已經撤退，但現狀還稱不上軍事威脅已經消除。應該還要數週才能完全回復日常生活吧。

全國的魔法大學附設高中也重新開課，不過課外活動限制只能到下午四點半。魔法科高中上課時間到三點二十分，所以課外活動縮短約一個小時。

第一高中當然也不例外。監督課後活動的學生會與風紀委員會也在五點前結束任務。

將近下午五點半的時候。

離第一高中最近的車站月臺上，艾莉卡、雷歐、美月與幹比古在等電車。深雪與莉娜先一步另行放學。剛才小型電車進站之後，雫與穗香依序上車，四人正在等下一波小型電車。

「啊，來了來了。」

小型電車沒有時刻表，不過在乘客多的時段，下一波空車大多在五分鐘內到站。以這個車站來說就是學生上下學的時段。現在已過尖峰時段，所以只有艾莉卡他們在等車，不過穗香搭乘的電動車廂出站之後，下一波電車還是在五分鐘後抵達。

「那麼，我先告辭了。」

美月走到打開的車門前。他們之間的搭車順序是固定的，只有穗香一個人搭反方向電車所以另計，深雪與達也不在的時候，搭車順序是雫、美月、艾莉卡、幹比古、雷歐。

不過今天有某個部分和往常不同。

「Miki，你送她回家吧。」

艾莉卡突然建議——應該說命令幹比古送美月回家。

「咦？」

「好了，快一點。就算沒有其他乘客，拖拖拉拉也會造成困擾吧？」

「哎，是可以啦……」

艾莉卡說法相當不講理，但幹比古也不排斥送美月回家，不只如此，老實說他樂意之至。

「咦，怎麼這樣，不好意思啦。」

美月對幹比古展露客氣態度，但是無須確認就明顯知道她並不抗拒。

「不行喔，美月。現在還很危險。」

無關美月的想法，艾莉卡強迫她接受。

「好了，快點。」

「唔，嗯……」

結果美月與幹比古拗不過艾莉卡，搭上同一輛小型電車。

「……什麼意思？」

載著兩人的電動車廂離開月臺。雷歐目送電車離站，簡短詢問艾莉卡。

「你說什麼？」

艾莉卡沒看雷歐就這麼回應。

「叫幹比古送美月回家的理由。」

「我說過吧？因為很危險。」

艾莉卡就這麼注視電車載著美月開走的遠方。

非比尋常的緊繃氣氛使得雷歐蹙眉。

「危險？妳昨天就沒這麼說啊。是在意什麼事嗎？」

艾莉卡終於面向雷歐。

「……如果是我多心就好了。」

下一波小型電車像是要蓋過這番話般駛進月臺。

艾莉卡走到上車位置，轉過身來。

「雷歐，陪我一下。」

「平白無故是要幹嘛？」

「先別問了，過來吧。我在車上說明。」

艾莉卡進入電動車廂。

雷歐不耐煩地搔了搔頭髮，渡過像是要擋在電動車廂前方般下降到軌道上的可動橋，從另一邊的車門上車坐在艾莉卡身旁。

◇ ◇ ◇

騎上電動機車「無翼」開始追蹤的十幾分鐘後。

達也在西湖前方，以肉眼捕捉到「水波與光宣情報體之擁有者」搭乘的自動車。

他加速騎到車輛右側。在傳統設計的駕駛座握著方向盤的人，是擁有光宣「臉孔」的男性。

雖說沒滿十八歲也能依循特例取得汽車駕照，光宣應該也無法滿足考照條件。

不過現在必須視為問題的不是這件事。

達也以想子波操作裝甲服內建的完全思考操作型ＣＡＤ，讀取輸出的啟動式。

建構的魔法是改寫為針對扮裝行列的「術式解散」。對應九島家術式的魔法式分解魔法。即使這個光宣不在達也肉眼看得見的場所，也能依據眼中所見的幻影，將組成幻影的魔法式分解。

達也使出魔法。

光宣臉孔出現雜訊，全身輪廓模糊。

並不是擁有光宣外型的這名人物身體正在崩毀。

是打造光宣外型的魔法式失去情報體構造而消散。

想子粒子的薄霧散開之後……

（九島蒼司！果然是幌子嗎？）

坐在副駕駛座的「擁有水波外型的物體」，達也已經看都不看一眼了。

「光宣」是假的。水波不可能是真的。

達也緊急煞車要回到樹海裡的祕密住所。

同一時間，蒼司方向盤往右打。

大型汽車讓輪胎發出摩擦聲，迅速朝達也接近。

自動車打轉。

電動機車像是被彈飛般衝出道路。

達也騎的「無翼」在空中描繪弧線轉向。

機車並不是被汽車撞飛。

是以飛行魔法自行起飛。

達也讓飛行機車「無翼」在空中迴旋之後回到路面。

達也看向後照鏡。鏡中映著橫向停止的自動車。

蒼司駕駛的車看起來準備要追達也的機車。

達也以想子波操作裝甲服內建的CAD。

他發動魔法的同時，自動車其中一側的兩個輪胎脫落，底盤側邊摔在路面發出劇烈聲響。

對方已經無法以那輛車妨礙達也。

想到蒼司可能改為發射攻擊魔法牽制，達也提高警覺。

後照鏡裡，脫輪傾斜的汽車愈離愈遠。

無論過了多久，蒼司都沒施放攻擊魔法。

達也抵達光宣使用的祕密住所，是下午五點四十五分左右的事。

衝進樹海之前，達也使用裝甲服的通訊機，在騎車的同時向兵庫告知蒼司的狀況。兵庫的父親——花菱但馬的手下現在應該前去拘捕蒼司了。

達也將機車停在路肩。但以結果來說似乎沒這個必要。和剛才不同，達也沒被結界妨礙。擾亂方位的結界本身還在，但是功能大幅衰減。

原因可能是應該藏匿的人不在了，或者是結界屢次被破，維持魔法運作的機構功能下降。

現在不應該思考原因。達也站在隱約洋溢異國風情的木造平房住宅前面，打開玄關大門。

原本以為祕密住所已經人去樓空，但達也的預測是錯的。

一打開門就傳來某種微弱的氣息。確實是人類的氣息，卻感覺不到生氣。達也沒有所謂的「靈能力」，但他覺得如果遭遇亡靈應該會留下這種印象。

達也內心沒有「忽略這股氣息」的選項。

達也將注意力朝向如同亡靈的這個存在。達也知道對方在等他。

現在無暇進行多餘的戰鬥。

同時，任何瑣碎的線索都不能放過。

而且如果這股氣息是敵人，與其等待陷阱發動，主動踩陷阱強行破解比較省時。

達也走進宅邸深處，氣息所在的場所。

◇◇◇

達也踏入光宣使用的祕密住所時，穗香幾乎在同一時間到家。

她是一個人住。雖然父母健在，但兩人從穗香小學時代起就經常因為工作不在家。

穗香的母親和雫的母親從年輕時代就是好友，基於這份交情，穗香經常暫時托付給雫家。國中時代也是，父母長期不在家的時候，穗香過著半寄宿在雫家的生活。

北山夫妻將穗香當成雫的姊妹般疼愛。尤其雫的父親北山潮，他疼愛穗香的方式甚至令人覺得有點過度，長大之後的穗香感到過意不去。穗香幾乎在就讀第一高中的同時開始獨居，主因之一肯定是她下定決心不能一直被雫的父母寵壞吧。

穗香決定獨居的住處時，也發生過一番風波。

首先，北山潮表示要買一棟房子給穗香。

穗香拒絕之後，潮說「找一間我旗下公司經營，具備完善保全設施的住家」，要準備一棟超高級公寓給穗香。不是蓋來出租的公寓，是將分售用的公寓以「出租」的名義送給穗香。

穗香也拒絕之後，潮說「至少住在保全良好的出租公寓吧」，叫部下精選了十幾間房子。

後來穗香和父母討論，從中選擇現在所住的房子。剔除租金太貴或是一個人住太大的房子，選擇的是保全設施雖然不是最先進卻足以保護獨居女孩，通學也很方便的公寓。

所以，原本肯定不必懷抱著被闖空門的恐懼。

而且雖說是魔法師，但穗香的感性、思考方式與心態都比較像是普通女孩。不可能在剛回家的時候提防屋內有可疑人物。

穗香沒察覺有個人影無聲無息從死角悄悄接近，就被對方從背後架住。

「呀（唔唔）！」

她沒能好好哀號就被一塊布摀住嘴。

還來不及想到必須停止呼吸，穗香就吸入布裡蘸染的藥物，被剝奪思考的自由。

◇　◇　◇

比朋友早一步離開學校的深雪，已經在自家換上便服。

達也不在家。深雪一回來就從本人留下的訊息率先得知這件事。隔著通訊線路也想聽聽達也聲音的慾望悶在內心難以消除，但是「不能妨礙哥哥」的堅定念頭壓下這份慾望。

如此心想的深雪聽到來電鈴聲。

期待的心情驅動深雪衝向桌上型終端裝置。

不過臥室桌上小型終端裝置的螢幕，並不是顯示達也的名字。

「琵庫希，怎麼了？」

來電的是在第一高中學生會室待命的琵庫希。

『深雪大人。』

達也命令琵庫希在他不在的時候聽命於深雪。深雪現在是琵庫希的臨時主人，但琵庫希不會稱呼深雪為「主人」。大概是琵庫希——琵庫希內部的寄生物始終認定自己的主人是達也吧。琵庫希只是遵照達也的命令，在必要的時候像這樣向深雪報告。

『光井，大人，被擄走了。』

也會通知這種緊急事態。

「妳說什麼！」

深雪聲音不禁高八度。

雖然深雪總是不缺各種非日常的經驗，但是同學被擄的事件完全出乎她的預料。

擄人並不是少見的犯罪。雖然因為市區監視器系統的整建而確實減少，但是至今依然以每年六十到八十件的頻率發生。去年發生黑道大規模販賣人口的案件，受害者一口氣超過兩百人。

但是自己的朋友居然成為犯罪受害者，這種事頗難想像。雖然世間絕對稱不上和平，不過至少國內的治安狀態沒有差到必須每天活在犯罪的恐懼之下。

「琵庫希，知道狀況嗎？」

即使如此，深雪依然立刻回復冷靜。深雪出生到現在只經過十七年又四個月，但她至今的人生說得保守一點也是驚濤駭浪，這份資歷可不是虛有其表。

『光井大人，被下藥，處於喪失，自由意志的，狀態。兩名綁架犯，引導她，走出公寓，現在正，徒步移動。』

寄宿在琵庫希內部的寄生物，是以穗香的「情感」覺醒並獲得自我。因有這段原委，琵庫希和穗香在靈力層面相通。但基於情報處理能力的問題，穗香這邊無法監控琵庫希的所見所聞，不過琵庫希可以即時追蹤穗香的體驗。

達也命令琵庫希不准貿然偷窺穗香的私生活。透過穗香與琵庫希之間的管道，琵庫希不必蓄意就看得見穗香的狀態，但達也對此施加限制。

然而現在是穗香生命遭遇危險的緊急時刻。

琵庫希的身軀是無法自己產生想子的機械，寄宿在琵庫希的寄生物必須接受外部想子供給才能維持活動，而且穗香是琵庫希最主要的想子供給來源。

寄生物一旦停止活動，至今的自我將會重設。對於生物來說，停止活動等於死亡。

換句話說，穗香的生命安全攸關琵庫希的生死。如果是以保障穗香的安全為目的，達也也准許琵庫希在這個範圍以最低限度監控穗香的行動。

『更正。就在現在，坐進，自動車了。綁架犯，加上自動車駕駛，增為三人。』

「知道了。如果穗香可能被施暴，就以ＰＫ阻止他們。」

『遵命。使用ＰＫ的，解除條件，已接受。』

「對照地圖，持續追蹤穗香的正確位置。判斷綁架犯抵達根據地之後向我回報地點。」

『遵命。』

深雪結束和琵庫希的通話，呼叫達也的管家花菱兵庫。

◇◇◇

光宣祕密住所的格局是平房，但房間很多，占地也相當寬敞。

達也暫時走出玄關，沿著房屋外圍繞一圈檢視，確認沒有後門之後重新從玄關入內。

他沒脫鞋。地板打掃得乾乾淨淨，不過即使留下自己的腳印，達也也不在乎。這裡對他來說是「搜索對象」不是「居住空間」。

在戶外觀察宅邸用掉將近五分鐘，不過達也對此也不以為意。雖然不是欲速則不達的意思，不過光是確認對方不會在他搜尋屋內的時候從祕密通道逃走就是充分的收穫。

達也還算輕易就找到氣息的源頭。

「藤林閣下？」

在祕密住所深處，像是調合室的無窗房間等待達也的人，是古式魔法師「忍術使」名門藤林家的當家，也是獨立魔裝大隊中尉藤林響子的親生父親——藤林長正。達也脫下進屋時依然戴著的頭盔抱在腋下，對「看似長正」的這個身影搭話。

「司波先生。你也來了啊。」

長正回應的語氣沒有責備的感覺。

「因為我感應到結界出現異常。」

即使被責備，達也應該也不會感到惶恐或愧疚吧。

「藤林閣下也是基於相同理由嗎？」

達也反問的語氣友善，雙眼卻暗藏犀利光芒。

「不，我是按照計畫過來。」

達也雙眼射出愈來愈強烈的光，連眼神都明顯變得嚴峻銳利。

「換句話說，你從一開始就打算自己解決，不把我算在內嗎？」

達也的譴詞用句收起對於長輩的敬意。

但是長正看起來不以為意。

「解決……嗯，就某方面來說，這種形容方式是對的。我是為了解決這個混沌的狀況才來到這裡。」

「不是抓住光宣，而是讓光宣逃走？」

達也提出和長正這段話沒有直接關係的問題。

「前第九研的『扮裝行列』基礎術式，是由我藤林家傳授的。」

長正也說起和達也這個問題無關的事。

「術式根源無疑是前代九重的『纏影』，不過是我藤林家的『影分身』讓該術式和現代魔法連結。此外我們也提供許多術法給前第九研。」

「所以呢？我可不想聽你發牢騷。」

先聆聽對方話語的是達也。

「哪可能發什麼牢騷。我們不像傳統派會計較庸俗的利害得失。」

「你的意思是說，這是一種高尚的求道目的嗎？」

達也的語氣暗藏嘲諷之意。

「求道。一點都沒錯。」

但是長正非常正經點了點頭。

「司波先生。你知道忍術為何而生嗎？」

「不知道。」

達也只有冷漠回應。從語氣彷彿聽得見「我可不想陪你玩口試遊戲」的副音軌。

「忍者之術是電子機器沒問世那個時代的諜報與暗殺技術。無論是否能使用『忍術』，忍者都是諜報員與暗殺者，無人能比。」

「你對此有所不滿？」

「活在那個時代的忍者或許滿足吧。不提待遇，他們的技術肯定是有意義的。」

「『忍術』在現代也是有意義的技能。」

「真是如此嗎？電子機器的普及，使得忍者能活躍的舞台極度受限。能迅速確實發動的現代魔法發展之後，『忍術』在諜報領域也逐漸式微。」

「奇襲效果較好的古式魔法活躍於暗殺領域。」

「只以暗殺者的身分活下去，我們無法滿足。」

「如果你不是要拖延時間，那就說結論吧。」

面對達也盡顯不耐的要求，長正完全沒露出不悅表情，說聲：「好吧。」並點點頭。

「從有用性來說，『忍術』比不上現代魔法。派不上用場的技術註定逐漸過時，最後消失。必須在這之前讓『忍術』留在現代魔法，同時將『忍術』進化為符合現代需求的技術。前代認為我們藤林家身為伊賀上忍得扛下這份職責。發展『忍術』本身。這正是我們的目的。」

「這和光宣有什麼關係？」

「『九』之魔法師的存在意義，是讓現代魔法吸收古式魔法編出新術式，九島光宣是『九』之魔法師的完美形態，同時也是現代魔法造詣達到巔峰的藤林家成員。他不能落入十師族或國防軍手中。」

「光宣和藤林家沒有血緣關係才對。」

「忍者不需要血統的連結。」

達也不是在嘗試說服長正。只是在試探能否取得有用的情報。如今達也判斷無望取得情報，背對長正踏出腳步。

達也沒提防來自背後的攻擊。他從一開始就看出長正不是實體，無法攻擊他。

達也身後的長正形體溶入空氣。

正如達也的預測，沒有來自「背後」的攻擊。

達也驚覺不妙睜大雙眼，迅速戴上頭盔衝向玄關。

劇烈的火焰與爆炸聲擋住他的去路。

◇　◇　◇

下午將近六點的黃昏時分。即使夏至已過依然是白晝較長的時期，但天空因為覆蓋雲層而變得陰暗。

「或許會下一場陣雨。」

「到家之後借你一把傘吧？」

從車站通往美月家的河岸道路上，美月與幹比古並肩前進聊著這個話題。

「爸爸還沒回來，所以你也可以進我家喔。」

美月說著輕聲一笑。幹比古並不是第一次送美月回家，也已經「拜會」美月雙親。當時美月父親對幹比古的態度相當嚴厲，美月的母親甚至在事後規勸「別這麼孩子氣」。幹比古帶著苦笑心想「柴田小姐是女生，這也是沒辦法的」讓自己接受，卻無法否定自己下意識有點害怕這位伯父。

「啊，不，時間很晚了，送妳到家門口就好。」

「這樣啊？」

美月露出遺憾般的表情，接著再度微笑。

美月的笑容造成幹比古瞬間僵硬。

但他立刻也露出害臊的笑。

美月與幹比古營造出就旁人看來渾身發癢，溫馨又難為情的氣氛，走在河岸堤防的道路。

毀掉這股「美好氣氛」的不是美月母親，也不是比預定早返家的美月父親，是散發詭異氣息的三名男性。

三個人影像是正在談笑散步的附近閒人般接近，美月與幹比古臉色大變，同時停下腳步。

雖說詭異，但是看起來非常正常。年齡是三十到四十五歲。沒有釋放暴戾氣息——而是完全相反。氣息稀薄到令人起疑。

幹比古從他們散發的偽裝氣息感到異常，美月從隔著眼鏡也看得出凶厄色彩的靈光看出異常。看到作勢備戰的幹比古與躲到他身後的美月，三名男性都露出佩服表情。

一名男性突然水平飛來。不是「跳」，是「飛」。

幹比古連忙以背部推著美月躲到路旁，在美月踉蹌時以單手扶住。當他抬頭的時候，這名男性已經擋住通往車站的路。

快到不讓對方看見啟動式展開。光是這樣，幹比古就知道這三人是強大又危險的魔法師。美月也直覺感受到他們的危險性。

前方兩人，後方一人。在男子們的包夾之下，幹比古轉為側身對峙。背部朝向河面，將美月保護在身後。

「請問……有什麼事？」

右方兩人，左方一人，後方是河流，前方是空地。幹比古詢問擋住美月返家路的右方兩人。並不是期待對方回答或願意交談。這裡不是遠離人煙的深山，簡單來說是住宅區內。他期待居民報警才這樣拖延時間。

不過，男子們沒回答。

幹比古左手臂用力往下揮。

他抓準時機接住從袖口甩出的金屬扇。

幹比古以單手輕易打開這把專用的ＣＡＤ，右手食指按住組成扇面的其中一片金屬短籤。

風開始在幹比古與美月周圍流動。捲動的風隔絕了從幹比古左側吹來，混入氣溶膠的風。

氣溶膠的真面目是麻痺自由意志的霧化藥物。

幹比古直覺施放的魔法，阻斷了男子們的攻擊。

男子們臉色大變。原本哼著歌的輕鬆表情，講得淺顯一點就是「瞧不起對方的表情」，如今轉變為應戰的表情。

「你們是什麼人！」

幹比古沒有高明到得知藥物成分。不過遭受攻擊是確切的事實，幹比古認知到其中無疑隱藏著惡意，以犀利的聲音發問。

他這一叫是反射性的詢問。這次他也不期待會得到回應。

然而出乎意料——

「馬頭。」

左方使用有毒氣流攻擊魔法的男子，回答了幹比古的問題。

（馬頭？）

幹比古對這個字眼沒有頭緒。疑問束縛意識，沒能專心注意敵人。

破綻由此產生。

右側敵人投擲一根粗針。不對，是削得尖細的木樁。

那是以移動魔法賦予速度與貫穿力的樁子，幹比古以右手打下。

幹比古沒受傷。制服袖口裂開露出的右手覆蓋微弱的光澤。

是將五行中的「金」附著在皮膚的防禦魔法。雖然術理不同，但如果只看效果，可以說是雷歐所擅長硬化魔法的古式魔法版本。

（還好有學……！）

幹比古是在上個月向父親習得這種金行裝甲術。五月下旬在伊豆和遠山（十山）司率領的國防軍交戰時，幹比古感覺到近戰技術的必要性，向父親求教之後，父親傳授他這個魔法。雖然和預想的狀況不太一樣，但可以說是幹比古的危機意識奏效。

敵方的攻擊沒有就此結束。投擲木樁反倒只是牽制吧。

射樁者身旁的男子，兩步就跑完將近十公尺的距離來到幹比古面前。

他壓低身體，右手像是伸長般從左下揮向右上。

男子右手看起來握著沒有劍身，只有握柄的短劍。

但是幹比古沒被這種表象欺騙。

他一邊向後仰一邊往前舉起的右手，衣袖裂出銳利的切口。

（玻璃製的短劍嗎？）

幹比古露出的右臂顏色，從微弱的光澤變回原本的膚色。

金行裝甲術只能覆蓋在身體的一部分。此外還有持續時間短，必須隔一段時間才能再度使用的缺點。

幹比古當然沒忘記這一點。他知道裝甲術即將解除而預先準備的魔法，在接住玻璃劍刃的下一瞬間使出。

「抱歉！」

幹比古只說得出這兩個字。不等美月回應就突然摟住她的腰抱過來。

美月全身僵住。她也說不出任何話，甚至沒餘力哀號。

幹比古發動魔法。

揮動玻璃劍刃的男子——馬頭分隊的亨利．傅與幹比古之間，有一個空氣塊爆發了。

爆風不只襲擊亨利，也襲擊幹比古。

幹比古就這麼抱著美月，順著強風往上跳。

越過防墜圍欄，跳下堤防進入河中。

雖說是河流，卻是比較接近渠道的準用河川。河面不寬，水流緩慢，水也不深。

他在空中發動的魔法讓兩人暫時站在河面，下一瞬間，河水深及膝蓋。

「柴田同學，對不起。不過，請妳再忍耐一下！」

幹比古重新道歉。在這段期間，他的手指也在準備下一個魔法。

「請不用在意——吉田同學！」

美月發出哀號形式的警告。

不必聽到這聲警告，幹比古就已經察覺馬頭的追擊。

襲擊而來的電擊，以堤防的草吸收。

馬頭分隊成員伊吉・何使出釋放系魔法——電擊，幹比古以現代魔法的「被雷針」防禦。幹比古的CAD遵循古式魔法的形式，卻也儲存現代魔法的啟動式。

另外兩人留下伊吉跳進河裡。加布・朱在上游施放麻藥霧，亨利・傅在下游揮動玻璃刀。

狀況完全沒改善。

◇◇◇

達也被引入光宣當成祕密住處的宅邸之後，遭到熊熊烈火襲擊。是藤林長正在屋外施放的火遁術。

達也先天能使用的魔法只有「分解」與「重組」。以後天擴增的人工魔法演算領域使用的魔法，事象干涉力太弱，無法消滅覆蓋整間宅邸的火焰。將物質分解到元素等級的「雲消霧散」即使能消除「燃燒的物體」，但「燃燒的元素」依然留在原處，只會招致爆發性的燃燒。

達也依賴身上「解放裝甲」的耐熱性能，穿過火焰正中央。

衝出失火宅邸的達也隨即遭受飛鏢風暴襲擊。數量是二十枚。

飛鏢從四個方向稍微分散準心與時間點射過來，達也逃到空中閃躲。

他就這麼留在半空中，隔著頭盔捕捉敵方身影。

四名襲擊者都是藤林長正的外型。

達也在頭盔裡蹙眉。

他表現的停頓僅止於此。

達也的魔法貫穿四個人影。

不是「分解」。

「穿甲想子彈」，這是將想子壓縮為硬塊發射的無系統魔法。在八雲指導下研發成功的這個魔法，分成「在物質次元飛翔」以及「在情報次元移動」兩種形態。這次達也使用的是在一般空間飛翔的類型。

敵我距離約二十公尺。四發想子彈不到半秒就將這段距離化為零，射穿四個人影。

四名長正同時消失。

（四具都是幻影——是「分身」嗎？）

石礫大小的火藥彈從背後襲擊，達也一邊下墜閃躲，一邊在內心低語。

剛才在屋內對峙的時候，達也就察覺長正使用「分身」，所以不感驚訝。

（雖然很像，不過和「扮裝行列」不一樣……）

落地的達也思緒帶點苦澀。

長正的「分身」（他自己說是「影分身」）和光宣或莉娜使用的術式不同。強度恐怕不足以騙過「精靈之眼」。

但是能夠同時施放複數分身，而且分身們各自能當成魔法砲台運作，除了這兩個特徵，更棘手的是分身能夠和本尊切斷連結。

（不是合成體。是精靈魔法……「式神」嗎？）

雖然不知道原理，但應該是以「影子」的獨立情報體塑造形體，躲在投影體後方遙控魔法。

（沿著魔法式產生地點的相關情報逆向搜尋，肯定能查到本尊的位置……）

但是應該沒這麼容易吧。達也轉身消除後方分身的同時這麼想。

他剛才試著以「眼」看向發射火藥彈的加速魔法源頭，但是該處已經沒有任何人。達也追蹤的是情報，所以如果對方只是移動位置，肯定還是找得到當事人，不過對方應該是以隱形術截斷情報的連續性吧。達也記得八雲示範過類似的技術。

必須在對方發動魔法的時候捕捉，否則應該很難經由情報次元捕捉。而且長正只在發射飛鏢或火藥彈的瞬間使用魔法，接著立刻放掉遙控程序。

因此這場攻防的勝負關鍵，在於是否能察覺魔法在何時何地施放。而且目前達也持續屈居下風。

在這裡耗費時間的同時，光宣愈逃愈遠。

達也不只要對付長正，還必須對抗焦慮。

◇◇◇

由堤防射來木樁與電擊；從上游吹來麻藥之風；還有下游進逼的利刃。

幹比古操縱河水招架馬頭分隊三人的攻擊。

木樁以水珠彈對付。

電擊以濃霧簾幕對付。

麻藥之風以從下而上的逆流瀑布牆對付。

揮動玻璃刀襲擊的敵人以分成八條的水鞭對付。

但是面對遠程攻擊他頂多只能擋住，面對挑起近身戰的對手他頂多只能保持距離，幹比古抓不到反擊的機會。

美月在他背後顫抖地忍耐著。雖說是盛夏卻是黃昏時分，雖說水量不多卻是流動的河川。膝蓋以下泡在水裡，身體也會發冷。因為理解這一點，所以幹比古更是倍感焦急。

（……不對，不可以。我別焦急。焦急絕對是大忌。）

乾脆不管三七二十一賭一把算了。幹比古斥責自己，拚命趕走這種誘惑。

目前美月除了被河水奪走體溫，沒受到任何的傷害。這正是因為幹比古貫徹防守。幹比古自己非常清楚這一點。

——要是在這時候焦急會搞砸一切。

幹比古如此告誡自己。

——在這裡遇襲絕非偶然。

——這條路是柴田同學的通學路。

——對方的目標不是我。是柴田同學。

正因為這麼想，所以幹比古耐得住這場消耗精神，單方面防守的戰鬥。

幹比古的這份毅力，以援軍抵達的形式獲得回報。

堤防上響起劇烈的撞擊聲。像是細長金屬棍打在堅硬木材的聲音。

「唔！妳是……千葉的女劍士！為什麼在這裡？」

緊接著，馬頭分隊的伊吉・何發出狼狽的叫聲。

「廢話少說！」

回應他的無疑是艾莉卡的聲音。

「幹比古！美月！沒事嗎？」

而且在艾莉卡身後比較靠近車站的位置，另一個聲音對幹比古他們說。

「雷歐？」

幹比古還沒回應，從堤防道路跳下一個高大的人影。

雷歐濺起豪邁的水花降落在河中。

「這邊就交給我吧！」

意外有人闖入戰局，馬頭的暗殺者亨利．傅愣在原地。

「小心！那傢伙拿著玻璃短劍！」

「好！」

雷歐勇猛大喊，朝著從驚愕回神作勢應戰的亨利突擊。

沒發出「Panzer！」的咆哮。雷歐現在使用的ＣＡＤ，是去年夏天從恩斯特．羅瑟那裡獲得的思考操作型。雷歐從咆哮改為身披外溢的想子光，和短劍戰士激烈衝突。

如今除去美月也是三對三。

幹比古和唯一剩下的加布．朱正面對峙。

◇ ◇ ◇

和長正戰鬥的過程中，達也從祕密住所的前院被引進樹海。

雖說是樹海，但樹木沒有茂密到令人動彈不得的程度。別說魔法師，只要是多少受過鍛鍊的人，即使離開道路進入這裡也不必擔心進退兩難。

不過動作確實受到阻礙。如果不習慣森林地形，應該無法進行滿意的戰鬥行動吧。使用飛行裝甲服的立體機動更不用說。

不過，對於藤林長正來說或許出乎預料，達也在障礙物林立的環境四處移動並不費力。他已經習慣不依賴肉眼取得的視覺情報，而是改為依照「精靈之眼」取得的情報行動。即使不是魔法提供的情報，而是從電子機器入手的非影像情報，他也能運用到幾乎不讓自己的行動受到阻礙。

相對的，由於射線受到限制，長正設置魔法砲台的場所變得易於推測。

樹木阻擋了可視光、紅外線與電波，因此以肉眼搜索或以裝甲服感應器偵測都比剛才困難。不過以「精靈之眼」鎖定座標的難度下降。發動魔法的瞬間，發動對象與魔法師在情報層面相連。如果對方和至今一樣發射飛鏢或火藥彈攻擊，只要能正確預測這一瞬間就等於反偵測已經成功。

正前方的樹木暗處出現分身。

達也將「眼」朝向背後。

沒有來自正面的攻擊。

飛鏢從右斜後方射過來。

避免草葉絆腳而輕踩步伐閃躲時，飛鏢和術士的連結已經斷開。

正前方的分身傳來魔法發動的氣息。

（不，不對。）

達也發射想子彈消除分身。

正前方分身想要施放的魔法，是延遲發動的障眼法。

後方傳來魔法發動的氣息。

（非致命性的音波攻擊。）

達也一個轉身，以穿甲想子彈攻擊。

（撐住了？）

分身沒消失。

人類聽覺頻率範圍上限的音波射向達也。

造成不快，妨礙注意力集中的音波，被達也所戴的頭盔自動隔絕。

如果只看直接的效果，這是毫無意義的攻擊。

達也這次壓縮的想子，是剛才那記攻擊的三倍。

術式解體。

想子的洪流震飛分身。

緊接著，鎖鏈纏住達也的腳。

剛才看似無意義的攻擊，真正的意義在於引出達也的反擊。

鎖鏈迸出電擊的火花。

但是下一瞬間，鎖鏈消失了。

裝甲服的破損與內側的皮肉傷也消失了。

樹木暗處洩漏出慌張感。

藏在頭盔底下的達也視線得以投向這股晃動的氣息。

達也左方出現新的分身。

分身正準備射出火焰包覆的火藥彈。

達也的「眼」捕捉到他的「身形」。

達也讀取了依然和本體相連的分身情報。

從現在這一瞬間的情報，回到一瞬間之前的情報。

繼續倒回，回到剎那的過去。

回溯。

回溯。

揭露情報的變更履歷，揭露隱藏在「現在」的「過去」。

然後達也使用能力。

局部的「分解」。對人體穿孔的魔法。

約十公尺前方的樹後有人雙腳跪地倒下。達也確實聽到了這個聲音。

◇ ◇ ◇

在通往美月自家的河岸道路，艾莉卡和illegal MAP馬頭分隊的伊吉．何上演一場近身戰。

艾莉卡的武器是內藏ＣＡＤ的伸縮警棍。

伊吉．何的武器是鐵絲。

「用那種假日勞作這麼能打，你挺厲害的嘛。」

在打擊與突刺的空檔，艾莉卡以揶揄的口氣搭話。

伊吉以嚴厲的眼神觀察艾莉卡想找出破綻。

他使用的是以粗鐵絲捻成條狀，前端以銼刀削尖而成的武器。將其裝在木棒握柄當成西洋劍般使用。

馬頭分隊以平民身分搭機來日本，無法帶武器入境。這不是只限本次的特例。在當地使用容易調度的材料自製武器，對他們來說是家常便飯。剛才射向幹比古的木樁也是自己用圓木削製，玻璃短劍也是以窗戶玻璃加工開鋒製成。他們精通這種適合用於加工的魔法。

不只加工，使用自製武器的時候，材質強度不夠的問題也以魔法補足。以能夠取得的物品製作武器，手邊的任何物品都可以當成武器。不接受本國支援，在潛入地點遂行破壞或暗殺任務。這就是illegal MAP出任務的作風。

伊吉·何使用的鐵絲細劍，在他的魔法強化之下，展現出比起真正西洋劍有過之而無不及的強度與彈性（不只表面，實際也確實具備）。但這始終是自製武器的性能，說到戰鬥技術的領域就另當別論。

伊吉絕對不弱。擊劍的實戰技術屬於高水準，甚至刻意使用仿造西洋劍的武器。

但是若論劍技，艾莉卡不只是略勝一籌，而是高了好幾段。打到現在還沒分勝負，是因為艾莉卡提防伊吉還藏有其他底牌。

但是實際上，伊吉·何為了招架艾莉卡的攻擊，現狀非得維持鐵絲細劍的強度與彈性，沒有餘力使用其他魔法。

隱約察覺這一點的艾莉卡，以重視次數的戰法攻擊伊吉。不是利用自我加速魔法的打帶跑，是以圓弧軌道的步法保持一定的距離，不讓對方有餘力喘息的戰法。

如今艾莉卡終於確信對方不會以魔法攻擊。

伊吉．何水平揮出鐵絲細劍。由於只有前端磨尖，劍身沒有開鋒，所以這招不是砍殺，是將強度與彈性兼具的鐵絲當成鞭子甩動。

艾莉卡向後跳躲過這一招。改變至今的模式，大幅拉開距離。

伊吉．何立刻將左手伸向腰帶。馬頭的三人不是將ＣＡＤ裝在手腕，而是裝在腰部。

艾莉卡沒認知到對方想操作ＣＡＤ。

她只在這個動作看見破綻。

這是依照她要求出現的破綻。她也已經準備好如何趁機進攻。

發動自我加速魔法。

艾莉卡以無法目視的速度接近伊吉。

伊吉．何慌張中止操作ＣＡＤ，左手扶著右手橫向高舉鐵絲。

艾莉卡的警棍輕輕打在鐵絲劍上。

手感比預料的輕，伊吉．何略感疑惑。

馬頭分隊殺手出現不到半秒的些微停頓。

伊吉的意識脫離空白時，艾莉卡已經繞到他的背後。

沒有時間轉身。

頂多只能任憑直覺的驅使歪頭。

瞄準頭部的艾莉卡，以警棍打在伊吉．何的左肩。

雖說是肩部，卻接近脖子根部。

以常識來說勝負已定。艾莉卡卻沒鬆懈，迅速高舉警棍。

但這次是出乎艾莉卡的意料。

背對艾莉卡往前彎腰的敵人自爆了。

伊吉．何的背部猛然散出煙霧。

只不過這雖然是自爆，卻不是自殺。

「煙幕？」

如艾莉卡所說，伊吉．何以藏在外衣內側的炸藥噴散煙幕。

即使有控制威力與溫度，炸藥依然是炸藥。在衣服內側爆炸，當事人不可能全身而退。即使如此，伊吉．何依然以感覺不到痛楚的速度進行下一個行動。

「啊！喂，站住！」

受困於煙幕的艾莉卡大喊。她靠著氣息捕捉到敵人迅速遠離。

illegal MAP是非法特務部隊。隊員被要求必須具備強大的戰鬥能力，不過更重要的是不能落入敵人手中。

使用現代技術，可以在某種程度從死者大腦取出情報。若要保守機密，光是自盡還不夠。非法特務人員特別被要求擁有無論如何都能成功逃離的能力。

艾莉卡沒追伊吉。剛才她連忙閉上雙眼，所以眼睛並沒受到煙幕傷害。但是除了視野被遮蔽，還不知道煙霧混入哪種藥物，說不定已經受到微弱到無法自覺的麻痺效果。貿然追捕恐怕會遭到反擊。而且艾莉卡他們趕過來的目的是救援美月與幹比古。比起逃走的敵人，應該優先處理剩下的敵人。

艾莉卡從防墜圍欄探出上半身。雷歐與幹比古肯定還在河裡戰鬥。艾莉卡原本想跳下去加入戰局，但她品嘗到失望的感覺。

雷歐與亨利．傅的戰鬥，呈現出比起近身戰更像互毆的樣貌。

亨利的短劍雖說劍身是普通玻璃製成，卻以魔法提升強度。然而被雷歐以同類型魔法硬化的拳頭打中就輕易粉碎。

CAD從語音認知型改成思考操作型之後，雷歐也不再裝備和CAD一體成型的護具。相對的，他雙手戴上拳頭部位補強過的半指手套——為求謹慎補充一下，他並不是平常就戴著手套，而是隨身攜帶以便用在這種時候。

打碎玻璃劍刃的是這雙手套以魔法提升硬度的拳面部分。

亨利．傅以魔法強化的劍身，被雷歐以魔法硬化的拳頭打碎。這無疑證明雷歐的魔法優於亨利的魔法。不只如此，雷歐不是從兩側夾住折斷，而是在沒固定的狀態下打碎，這股反常的威力使得亨利．傅嘴角抽動。

但要是就這麼因為意外事態愣住，那麼別說非法特務，連下級士兵都無法勝任。亨利將只剩握柄的短劍扔向雷歐爭取時間，不把惡劣的河床地形當作一回事，後退拉開距離之後以右手捲起左袖。

即使是盛夏依然穿著長袖外套的左手腕不是戴著ＣＡＤ，而是戴著兩條以鐵沙加重的細長負重腕套。

亨利以右手取下負重腕套。

「哈！自以為是在讓我嗎？」

亨利沒回應雷歐嗤笑的這句話，將腕套纏在拳頭，沙袋部分轉到外側。

雷歐也不是真的認為對方主動讓他。他立刻理解亨利將腕套從左手腕移到雙拳的意義。

這是用來保護拳頭，同時當成讓打擊力道滲透到內部的手套。

理解這一點的時候，雷歐已經朝著亨利突擊。

雷歐只差一步來到跟前時，亨利主動往前踏。

雷歐與亨利的拳頭交錯。

雷歐的拳頭具備鋼鐵的硬度。

亨利的拳頭覆蓋鐵沙的緩衝墊。

雷歐揮出右直拳，亨利轉頭躲開。

亨利瞄準對手軀幹揮出右勾拳，雷歐以左手臂格擋。

接下來是亂拳交戰。

亨利．傅被雷歐的拳頭劃傷臉，但絕對不容許直接命中。

雷歐挨了亨利好幾拳，但絕對不容許打中要害。

雙方很快就失去使用魔法的餘力。

雷歐的硬化魔法也失效。

亨利．傅自從強化短劍的魔法被破，好像頻繁使用輔助格鬥的魔法，但現在也中斷了。

兩人身為魔法師，卻只以身體能力上演肉搏戰。

雷歐的臉染上喜悅。

亨利的臉因為苦惱而扭曲。

對於illegal MAP馬頭分隊隊員亨利．傅來說——對於暗殺者或特務員來說，這種正面對決的戰鬥肯定是情非得已。在無法避免一對一近戰的狀況，一般也不會演變成正面衝突吧。

如果這裡是街上的柏油路面，肯定有餘力發揮各種技術避免正面對決。例如使用步法拉開距離，或是假裝逃走，在對方追過來的時候反擊。

然而這裡是河裡，小腿肚一半泡在水裡的狀態。河床狀態也不適合讓人隨意移動。如果想在這種場所使用拳擊型式的步法，頂多只會打滑露出破綻吧。

亨利．傅一邊和雷歐互毆，一邊心想這個作戰失敗了。在當前這個局面必須撤退，以免狀況更加惡化。

雖然這麼說，但是不能一個人擅自逃走。在馬頭分隊屬於例外，保有強烈軍人個性的亨利，在以短勾拳連續攻擊雷歐的同時這麼想。

他們現在被分隔開來。三人同時撤退的話還好，要是在中斷聯繫的狀態獨自離開，留下來的兩人會陷入人數上的劣勢。

覺得對方是高中生就瞧不起的想法，在亨利內心消失了。三對四（實際上是三對三）打不贏這些敵人。既然在人數上不利，或許甚至無法順利逃走。有什麼方法能通知另外兩人撤退嗎……

亨利．傅開始這麼思考的時候，發生狀況了。

堤防道路傳來小小的爆炸聲。

亨利像是抱住雷歐的拳頭般壓制，在爭取到的這段時間往上看。

（那股煙幕是……！伊吉那傢伙打輸逃走了？）

光是看到從路邊往下竄的黑煙，亨利．傅就得知發生了什麼事。

同時，強烈的危機意識囚禁著他。

面前這名高中生的魔法技能沒什麼了不起，但肉體的強度與耐久度匹敵海豹部隊或綠扁帽部隊的隊員──這是亨利對雷歐的評價。攻擊招式又快又多，難以對付到無暇使用魔法。

在事前調查列為警示人物的「千葉之女劍士」要是在這時候加入戰局，可不是「難以對付」這麼簡單。亨利．傅腦中掠過最壞的事態。對於illegal MAP來說，「最壞的事態」不是戰死，是落入敵方手中，被查出真實身分以及任務內容的相關證據。

雷歐將抓住他的亨利推開。

亨利被河床絆腳，向後踉蹌兩三步。

雷歐在河面激起盛大的水花衝向亨利。

「加布！撤退了！」

亨利．傅定睛注視進逼到面前的雷歐，朝著留在上游的同伴大喊。

即使他突然宣布撤退，雷歐的氣勢也絲毫不減。

「休想逃！」

內心不是感到困惑，而是更加激動。

雷歐進逼到亨利．傅的跟前，在往前踏一大步的同時壓低身體。

踏出的腳在河底挖出深洞。

雷歐以這個洞當成固定砲台的錨點，在起身的同時猛烈將拳頭往上揮。

那是瞄準對手身軀，幾乎要打穿其內臟的上勾拳。

出拳的前一刻，雷歐看見亨利．傅的手伸向ＣＡＤ，但他不以為意打向對方腹部。

亨利．傅挨了雷歐這一拳，身體像是搞笑般飛到半空中。

「啊……？」

雷歐發出脫線的聲音。

出拳的是他自己，但他沒想到會把對方打飛五公尺以上。

不是五公尺以上的距離。

是五公尺以上的高度。

如同漫畫或動畫的光景使得雷歐目瞪口呆。

堤防上的艾莉卡也愣愣看著這一幕。

亨利的身體落河。

他以感覺不到受創的動作起身，背對雷歐一溜煙順流而下。

「這是怎樣……？」

事後回想就知道，敵人在遭受攻擊的同時使用魔法，也利用上勾拳的力道主動往上跳。

但是戰鬥過於突然落幕，使得當時的雷歐只能茫然杵在原地不動。

即使對手變成只有一人，幹比古依然陷入苦戰。

不同於艾莉卡對伊吉．何，或是雷歐對亨利．傅的戰鬥，幹比古對加布．朱的戰鬥是以魔法互擊。

幹比古並非不擅長使用身體戰鬥。他的體力與運動神經都足以受到達也與雷歐的認可。

但他擅長的還是以魔法為主的戰鬥，中長程的魔法互擊。

反觀illegal MAP是破壞特務部隊，也是暗殺部隊。基於部隊性質，成員也經常使用刺殺或撲殺等手法，但本質上依然是魔法戰鬥部隊，比起使用身體的戰鬥更擅長魔法戰。

而且從一開始襲擊美月與幹比古的分工就知道，加布．朱在馬頭分隊也是擅長純魔法戰的成員。考慮到兩人的專長，幹比古與加布的戰鬥成為魔法互擊是必然的演變。

說到對人戰鬥的經驗，加布．朱遠比幹比古豐富。

考慮到年齡，幹比古也絕對不算是缺乏對人戰鬥的經驗。

但是基本上，幹比古學習的吉田家魔法體系，不是用來和人類戰鬥，是以妖魔鬼怪為對象進行交流、降伏，使其服從或是用為助力。他和達也共同行動的過程中累積了對人戰鬥的經驗，然而面對在實戰中磨練對人戰鬥魔法的對手就屈居下風。

加布．朱腳邊的石頭穿出河面射過來。

幹比古以河水製作冰箭，射下飛過來的小石頭。之所以刻意加入凍結程序，是因為只使用水的話會「土剋水」而降低威力。這在現代魔法不成問題，但古式魔法不能無視於五行相剋。

幹比古感覺自己腳邊冒出魔法氣息，緊急阻斷河水的流動設置水壁。

氣泡爆炸了。以魔法壓縮沉入水中的空氣釋放之後，會發揮等同於手榴彈的爆炸威力。

激烈的水花遮蔽幹比古的視野。此時石礫再度射來。

對手位於上游，這樣的相對位置也是幹比古陷入不利狀況的原因之一。

加布．朱位於上游，所以除了氣泡炸彈，他也將麻痺藥流入河川，等藥物接近幹比古與美月再變化為氣溶膠攻擊。過程中還混入石礫或高頻音波的攻擊。加布的攻擊類型不多卻頻繁出招，難以解讀攻擊模式。

幹比古也不是單方面挨打。

用來射下石礫的冰箭瞄準敵方施放，此外還射出水之長槍，或是將高壓水流絞細刺向敵方腿部，利用河水使出各種攻擊。

若要比種類，反倒是幹比古占優勢吧。只是加布．朱的攻擊雖然單純，卻專精於傷害人體，幹比古非得完全阻絕加布的攻擊，否則別說自己，保護在身後的美月也會受害。這股壓力是將幹比古逼入困境的主因。

（明明人數上比剛才有利……）

在艾莉卡與雷歐趕到之前都是二對三，實質上是一對三。

現在實質上是三對三，因為彼此分隔交戰，所以只看他自己的話是一對一。

但是幹比古覺得處境比剛才還要艱困。

這個狀況突然產生變化。

上方響起小小的爆炸聲。

黑色、褐色與紅色相間的煙從堤防流下。

背後傳來「加布！撤退了！」這個聲音。

下一瞬間，河面爆發了。

幹比古與加布．朱之間產生濃密的水花牆。

待水花全部落下時，敵人的身影已經從幹比古的視野裡消失。

◇　◇　◇

深雪再度收到琵庫希的聯絡時，時鐘已經走到下午六點零五分左右。

『深雪大人。方便說話嗎?』

「是琵庫希吧。麻煩報告。」

『光井大人,已經,停止移動。推測,已經抵達,綁架犯的,根據地。』

『穗香沒事嗎?』

『光井大人似乎,依然受到,藥物影響,但是除此之外,沒偵測到任何傷害。』

「這樣啊……」

深雪鬆了口氣。

穗香身上沒安裝醫療感測器,琵庫希並不是接收到醫療層面的情報。不過無關距離,琵庫希隨時從穗香那裡接受想子供給,副作用就是能相當詳細得知穗香的身心狀況。

平常尊重穗香的隱私,達也與深雪都不會向琵庫希打聽這種情報,但現在是緊急狀況。被綁架者的身體沒遭受危害,這樣的報告可以讓擔心其安危的人們感到安心。

「琵庫希,關於監禁穗香的場所,查得出正確的位置情報嗎?」

魔法在本質上不受物理距離的限制。反過來說,光靠魔法層面的連結無法導出對方所在位置的距離與方向。

但是琵庫希是寄生物融合人型機械的個體。和想子雷達一樣,可以透過自己正在接受供給的想子流,認知自己所接收想子波源頭的方向與距離。

『和地圖資料，對照中……對照完畢。要傳送資料給您嗎？』

「嗯，拜託了。」

『遵命。』

隨著這聲回應，接收資料的燈號亮起，原本只進行語音通訊的終端裝置螢幕顯示出地圖。

「收到了。麻煩繼續監視。」

『是，深雪大人。繼續監視。』

深雪以遙控器結束和琵庫希的通話。她一開始是在自己房間接電話，但現在移動到客廳。

深雪從沙發站起來轉身，看向在她身後待命的男性。

「兵庫先生。」

「是，深雪大人。」

花菱兵庫以恭敬語氣回應。

「可以立刻出車嗎？」

兵庫沒回答深雪這個問題。

「恕屬下冒昧請教，深雪大人打算親自前去拯救光井大人嗎？」

「是的。」

即使兵庫以問題回應問題，深雪依然點頭回應，看起來沒特別壞了心情。

「不可以。」

兵庫以毫不委婉的方式回應。

「『不可以』是什麼意思？不准我去嗎？」

「是的。」

「你這是在命令我？」

「不是命令。是忠告。」

深雪朝兵庫投以盡顯不悅的視線。

兵庫不為所動。

「深雪大人是本家的繼承人，也是吾主達也大人的未婚妻。尊貴如您不該為這種瑣事暴露在危險之中。」

「瑣事？兵庫先生，你說穗香的危難——我朋友的危難是瑣事？」

客廳響起冰冷的聲音。深雪絕對沒有大聲說話，但她的聲音迴盪在本應沒特別考慮到音波傳導的室內。

不，重複響遍的場所或許不是客廳這個封閉空間，是在聆聽者的意識之中。

兵庫懷抱歉意般低頭，卻沒有害怕的樣子。

他重新抬起頭，和深雪視線相對。

「這件事不值得勞煩深雪大人親自出手。因為屬下接下來就要前往處理。」

「兵庫先生要去處理？」

深雪疑惑蹙眉。

兵庫成為達也的管家之前，在海外的民間軍事公司累積相關經驗，深雪也知道他這段資歷。

但是深雪沒實際看過或聽說過兵庫戰鬥的樣子。

更令深雪感到疑問的是，兵庫身為魔法師的本領，就深雪看來並不高明。在深雪眼中，兵庫擁有的戰鬥能力不足以這樣大發豪語。

「是的。請交給屬下。」

兵庫恭敬朝深雪鞠躬。

深雪看著兵庫的眼神依然嚴厲。

感覺盛夏客廳籠罩著不是空調吹出的冷氣，從剛才就保持沉默（或許應該形容為被深雪平靜的魄力逼得保持沉默）的另一個在場者慌張般插嘴。

「深雪，我也和他一起去。這樣就可以吧？」

「莉娜，妳要去？」

「嗯。我的實力如妳所知喔。」

「可是，我們不知道是誰抓走穗香啊？如果是USNA的特務員怎麼辦？」

「美國的特務員有什麼理由抓走穗香？」

「話是這麼說沒錯……」

深雪這番話其實是對的，不過在這個時間點，深雪自己與莉娜都不知道。聽到莉娜這句單純的反問，深雪也覺得「想太多了吧」含糊帶過。

要是事態就這麼進展下去，USNA的非法暗殺部隊illegal MAP馬頭分隊，將會在首都附近和「安吉．希利鄔斯」——莉娜爆發衝突，演變成複雜的事態吧。

突然響起的鈴聲防範了這個結果於未然。鈴聲不是來自住家電話，是深雪的行動終端裝置。

「喂……艾莉卡？」

來電的是艾莉卡。

◇　◇　◇

雷歐、幹比古與美月在艾莉卡面前爬上堤防。美月藉由幹比古的魔法一起上來，雷歐不是以魔法，是以腿力爬上堤防的陡坡。

剛才泡在河水裡的三人衣物，幹比古以魔法去除髒汙與水氣。

全身清爽之後，美月安心鬆了口氣，緊接著雙腿一軟。

幹比古連忙伸出手。美月抓住他的手臂，勉強免於摔倒。

「對……對不起……」

美月放開幹比古的手。下一瞬間，她的身體再度傾斜。

幹比古趕快伸手，美月抓住他的手。

「脫離極度緊張的狀態，下半身使不上力了。暫時就這麼抓著Miki比較好。」

艾莉卡只有這時候不是消遣兩人，而是以正經語氣忠告。

美月與幹比古一齊害羞低下頭。

艾莉卡與雷歐各自同時搖頭，一副「拿你們沒辦法」的樣子。

並且在這時候察覺彼此做出完全相同的反應。

雖然這麼說，但兩人終究也沒多餘的力氣進行無意義的拌嘴。

艾莉卡轉頭背對雷歐，拿出行動終端裝置。

以通話模式撥打的對象是穗香。

但是接不通。

艾莉卡露出嚴肅表情，接著打給深雪。

『喂……』

「啊，深雪？是我。艾莉卡。」

『艾莉卡？聽妳好像很焦急，發生了什麼事？』

這麼快就猜到了？艾莉卡心想。但她擱置這個疑問，決定先回答深雪的問題。

美月與幹比古遇襲，對方外表是東亞圈，名字是英語圈，打電話給穗香沒人接。艾莉卡提綱挈領照順序說明。

「……所以我擔心妳是否平安。」

『……我沒事。原來……美月也被盯上了。』

電話另一頭大約經過一秒才回應。

「妳知道什麼嗎？」

深雪說美月「也」被盯上，換句話說就是有人遭遇同樣的事。艾莉卡很快就這麼推測。

『穗香被抓走了。』

「……這樣啊。」

即使猜到發生某些事，艾莉卡依然瞬間語塞。

『雖然不知道犯人是誰，不過多虧琵庫希，已經查出穗香被帶去哪裡了。』

「……琵庫希做得到這種事？」

『並非對誰都做得到就是了。』

「啊啊，我懂了。」

艾莉卡也知道寄生物進入琵庫希內部的原委。不用深思就猜得到穗香和琵庫希之間大概有某種特別的連結。

「那麼，我們去接她吧。」

艾莉卡也沒浪費時間思考，便得出這個結論。

『……很危險喔。』

「妳也不打算置之不理吧？」

『是沒錯啦……』

「我覺得比妳或莉娜過去來得好。畢竟對方可能是美國的特務員。」

電話另一頭產生短暫的沉默。

『對不起，艾莉卡。我可以晚點再打給妳嗎？』

「好。」

由艾莉卡這邊結束通話。

不到五分鐘，她的終端裝置就亮起來電的燈號。

『艾莉卡，是我。』

「嗯，所以呢？」

『我覺得妳說的對。鎖定美月的人很可能是USNA非法特務部隊，擄走穗香的犯人應該也

「這是莉娜的意見？」

『嗯。不應該由我或莉娜過去，這一點也如妳所說吧。但我也不能讓你們過去。對方是美國的特務員，這樣太危險了。』

「這邊都已經打過一場了，事到如今沒什麼危險不危險的。」

抵在艾莉卡耳際的揚聲器傳來小小的嘆息聲。

『雖然沒必要刻意再度犯險……但妳應該不會接受吧。』

「妳很懂嘛。」

嘆息聲再度傳到艾莉卡耳中。

『不要自己貿然衝進敵陣，而是和適當人選一起行動。只要妳保證這麼做，我就告訴妳穗香被帶到哪裡。』

大概是認為不可能進一步說服，深雪提出附加條件讓步了。

「妳說的適當人選是誰？」

『我這邊會請ＳＭＡＴ出動，請你們在當地和他們會合。』

ＳＭＡＴ。特殊魔法突襲部隊（Special Magical Assault Team）。警方在前年的橫濱事變沒能妥善應對，經過反省而集結警界的戰鬥魔法師成立這個組織。魔法師集團擄走平民的案件，確實在ＳＭＡＴ的管轄範圍吧。

「可是驚動警察不太妙吧？」

正如艾莉卡所說，警察大張旗鼓出動導致被綁架者遭遇危險的可能性也不是零。只不過——

『如果我不告訴妳地點，妳就打算找警察幫忙對吧？』

艾莉卡在警界擁有強大的人脈。她可以為了查出穗香的下落而找警察協助，而且實際上也打算這麼做。

「我投降。就聽妳的吧。」

計畫被深雪看透，艾莉卡舉白旗認輸。不，在這個場合是從深雪那裡贏得「由這邊負責救出穗香」的妥協，所以是平手。

『我傳地圖資料給妳。』

「……ＯＫ，收到了。」

『艾莉卡，要小心喔。』

「交給我吧。救出穗香之後再跟妳聯絡。」

艾莉卡與深雪的通訊以這句話作結。

◇◇◇

達也繞到約十公尺前方的樹後。是他剛才感覺魔法命中目標，響起某人跪地聲的場所。

這個「某人」是藤林長正。

「知道光宣去了哪裡嗎？」

達也不是誇耀勝利，也不是責備背叛，而是以平淡語氣訊問長正。不，與其說是「訊問」，他的語氣更像是單純的「詢問」。

「不知道……」

反觀長正因為身體遭受穿孔讓他劇痛到冒冷汗，卻依然以不失鬥志的聲音回答。

「這樣啊。」

達也沒再三詢問，就這麼轉身背對長正準備離開。

「且慢……」

反倒是長正想繼續對話。

「這樣你就罷休嗎……？不訊問也不拷問嗎？」

「你不知道吧？既然這樣，問了也無濟於事。」

「這樣啊……你在提防我拖延時間對吧……？」

長正的推測對了一半。達也確實在提防他拖延時間，也因為無從確認長正是否說謊而認為訊問只是白費力氣。他一開始詢問光宣的下落，算是一時興起才這麼做。

達也沒多花時間對答案，沒發揮這種不必要的親切態度，留下上半身靠在樹幹的長正要離開現場。

「還沒！還沒結束！」

達也內心也在慌張吧。長正還沒失去戰鬥能力。

達也一個轉身，同時在長正肉體打出新的洞。

然而這些傷造成的痛楚不足以阻止長正。達也沒殺掉長正，並不是考慮到長正是藤林響子生父的事實。是因為如果「消除」古式魔法名門的藤林家當家，事後處理會很麻煩。

不過長正不是能像這樣手下留情的對手。

右肩被射穿，一般來說右手肯定再也無法使用。即使如此，長正依然以雙手結印。

達也見狀，這次在他左手肘的肌腱穿孔。

但還是阻止不了長正結印。

不只如此，他還以眼睛看不清的速度接連結出各種印。

在達也決心「收拾」長正的時候，術法已經完成。

覆蓋此處的結界「蹟兵八陣」，以達也與長正為中心逐漸收縮。

時間是下午六點多。雖說是日照較長的季節，樹海卻被黑暗籠罩。

這股黑暗進一步增加厚度。

對達也造成壓力。

達也將這股壓力往回推，以「眼」注視壓力的真面目。

像是薄霧的人形物體包圍達也伸出手。

（分身……？不，幽體脫離……不對，是死者殘留的意念嗎！）

如果從面前敵人藤林家獲得的情報正確，「鬼門遁甲」的固定型陣地結界「蹟兵八陣」使用了和「魔法增幅器」相同系統的技術。不，應該說「魔法增幅器」是抽出「蹟兵八陣」關鍵技術製成的魔法道具。

「蹟兵八陣」這個術式，是以魔法將魔法師活生生蠟化，只有腦部組織結晶化，在額頭刻上咒語或咒圖，將蠟化的魔法師改造成以百年為單位運作的魔法輸出裝置，然後把數具成品埋入地底，使得「鬼門遁甲」的魔法持續產生作用。

為什麼能以屍體維持魔法運作？達也直到一週前也想不透。

但是和幽體脫離的艾克圖魯斯交戰之後，現在的達也可以推測答案。

事象干涉力源自靈子波。達也在那場戰鬥觀測到這一點。

將魔法師活生生蠟化的魔法，恐怕包含了將靈子情報體封鎖在蠟化屍體的處理程序。然後使用儲存在屍蠟的靈子定期釋放事象干涉力，維持隱蔽結界的魔法。

目前在精神層面（也可以說成「以系統外魔法的原理」）對達也施加壓力的，肯定是改造為魔法輸出裝置之蠟化屍體裡的靈子情報體。雖然達也形容為「死者殘留的意念」，但應該是一般稱為「死靈」或「亡靈」的情報體。

改造為「蹟兵八陣」裝置的魔法師蠟化屍體，額頭刻著「讓闖入者迷路」的指令。無法自行思考的死靈，大概只是依照命令要讓達也迷失。如果達也的意念防壁崩毀，死靈們肯定會一直讓他迷失在樹海，直到自己的力量用盡。

（藤林長正他……自滅了嗎？）

死靈們的手也伸向長正。達也沒有詳細「視認」靈子情報體活動的能力。他只是隱約這麼覺得。即使如此，達也也知道長正的精神已經被殘留意念吞噬。

應該沒有真的死亡。

但是長正現狀等同於行屍走肉。

（既然術士自滅，要解除魔法就是不可能的事。）

（只要能就這麼繼續將殘留意念往回推，這些傢伙遲早會用盡力量……）

（但我等不了這麼久！）

達也以「眼」注視著殘留意念——「死靈」干涉自身事象而產生的想子情報。如果達也的假設正確，那麼「干涉達也的精神，企圖讓方向知覺失準」這個情報，以及「正在干涉達也精神的靈子情報體」這個情報，都記錄在這個世界。

從這份記錄進一步讀取「以能夠干涉世間名為『司波達也』這個事象的形式，讓靈子情報體存在於這個世界的構造」。

（「看」得見。）

（我「看」得見。）

找出名為「死靈」的靈子情報體為了存在於這個世界所需要的立足點。

然後將其破壞。

分解！

（靈子情報體支持構造分解魔法——「幽體消散」，發動！）

——讓靈子情報體與精神體得以存在於這個世界的想子情報體，以這個魔法破壞其構造。

——不是將靈子情報體消滅，而是將靈子情報體逐出這個世界。

包圍達也的白色人型薄霧急遽消散。

感覺得到以死者意念維持至今的「蹟兵八陣」逐漸崩毀。

靈子情報體支持構造分解魔法——「幽體消散」。

不是將精神體封印在這個世界。

是讓精神體無法存在於這個世界的魔法。

以這個世界居民的角度來看，無法存在於這個世界和消失同義。

和死亡同義。

也可以說等同於消除，等同於殺害。

達也終於獲得消除精神體，殺害精神生命體的手段。

達也使用新開發的魔法擊退藤林長正的自爆攻擊之後，就這麼準備走出樹海。

但他走不到五公尺就停下腳步。

達也以局部分解魔法在長正身上打穿的孔洞很小，但是很多。不只是出血程度不容小覷，也有孔洞截斷重要的神經。要是就這麼扔在這裡，一個晚上就會沒命吧。

雖然是一度下定決心消除的對手，但達也一開始沒這麼做的原因並未消失。要是殺掉他會有點麻煩。

就算這麼說，達也也不想使用「重組」救他。要是變得完好無傷，長正應該會再度阻撓達也吧。畢竟很難順利剝奪他的意識，手邊也沒有用來限制他行動的工具。

還是任其自生自滅吧。達也正要再度踏出腳步的這時候，新的氣息出現在他面前。

「擊敗了伊賀流上忍——藤林家的當家嗎？哎，既然自稱是四葉家直系，做得到這種程度是當然的。」

即使在盛夏依然是黑大衣加黑手套。斜戴黑色軟帽的這名可疑人物連招呼都不打，以傲慢的語氣這麼說。

「黑羽先生，您幾時過來的？」

突然出現在達也面前的男性，是四葉分家黑羽家的當家——黑羽貢。

「就在剛才。多虧你破壞結界，才得以『筆直』飛奔過來。」

「以黑羽先生的能耐，即使結界正常運作也妨礙不了您吧。」

「這不是謙虛。如果那層結界健在，我得繞一大段遠路。」

換句話說，他早就知道鑽過結界的步驟吧。不只如此，沒讓人察覺到使用魔法就接近到達也身邊的技術，不愧是亞夜子的父親。達也在佩服的同時不得不提防他。

「您前來這裡是姨母大人的命令嗎？」

「不，我這趟過來是想問你問題。」

「問在下？」

浮現在達也意識的疑問不是「究竟要問什麼？」而是「在這種時候問？」。

但是若要繼續追蹤光宣，無視於貢也不太妙。既然已經殺了長正，預料將會面臨一些麻煩。

達也乖乖等待貢問他問題。

「達也。」

達也稍微睜大雙眼。取下小丑面具的貢，不抱敵意或憎恨叫出他的名字。達也第一次聽到他這樣說話。

「你為什麼這麼認真追捕九島光宣？」

「又來了？」這個想法掠過達也腦海。老實說，他不太喜歡這個問題。達也沒深入思考自己為何不喜歡這個問題，就這麼開口回答。

「為了救回水波。」

除此之外，他沒有追捕光宣的理由。光宣是寄生物的事實，對於達也來說不構成敵對理由。只要光宣沒被寄生物們的意志吞沒，做出擾亂深雪平穩生活的行徑，那麼達也成功帶回水波之後就不會管他。

「只是要救回一個傭人，為什麼能認真到這種程度？」

貢重複使用「認真」這個詞。現在的我在別人眼中是這樣嗎？達也抱著置身事外的感想。

「不知道。」

達也毫不迷惘立刻回答。

這是他不斷迷惘至今的結果。

自從八雲詢問拯救水波的理由，達也就一直在自己心中尋找答案。

但是找不到。

如果只要表面上的回答就好，那麼很簡單。

因為深雪這麼要求。

深雪被光宣搶走水波，又眼睜睜放任光宣逃走，達也要消除深雪的這份後悔。

不過，真的只是這樣嗎？若是這麼自問，達也頓時得不出答案。

他自認沒將水波和已死的穗波重疊在一起。

水波與穗波是不同的兩人。

達也知道這一點，理解這一點。認為這絕對不是昔日沒拯救穗波的補償行為。

那麼，「達也自己」為什麼想救回水波？

不知道。

（啊啊，原來如此……）

達也後知後覺發現自己不喜歡這個問題的原因。

因為他沒能理解自己的心。

因為這個問題迫使他體認到，自己就這麼莫名其妙東奔西跑。

達也的行動總是有其目的。

「為了深雪」的這個目的非常明確。

他自認是以自身的意志要保護深雪的現在與未來。

不過——真的嗎？

——其實自己沒有什麼「自身的意志」吧？

——真正的自己是空殼。

——只是把「保護深雪」這個被賦予的課題填入空空如也的容器吧？

這個問題迫使他面對這份疑念。

「八雲師父也問過相同的問題。在那之後，在下一直在思考這個問題，但是想不透。」

達也率直將這份心情告訴貢。他不知為何認為這時候不該拿深雪當理由。

「……這樣啊。」

貢一副深深接受般的語氣附和。

貢理解達也無法理解的事。他的反應令達也這麼覺得。

「我至今都認為你的心有缺陷。」

精神構造干涉的祕法導致達也欠缺情感，這是事實。不過達也覺得貢說的是另一個意思。

「看來是我誤會了。」

不過，達也沒能深入理解貢這番話的真正含意。

——沒有「心」的人不會迷惘。

達也累積的人生經驗還不足以聽出貢沒說出口的這句話。

「達也，我討厭你。」

貢突然將赤裸裸的情感宣洩在達也身上，取代他沒說出口的那句話。

「在下知道。」

達也不慌不忙。不是逞強，他真的早就知道這件事。

「面對賦予的職責與背負的命運，你以實力強行克服，不對，是強行踹倒。對於活在職責與命運的我們這種人來說，你的人生令我們不禁想大喊：『不准瞧不起我們！』」

但達也不敢說自己完全理解被討厭的原因。

「……在下自認沒有瞧不起人。」

「我知道。天生擁有無上破壞力的你，無法理解軟弱凡人不可能獨力對抗世界的心情。如同我無法理解力量足以恣意蹂躪世界的你在想什麼。」

「…………」

困惑使得達也說不出話。

「我不想為了你這種人動任何一根手指。」

貢瞪向達也，輕輕吸一口氣。

「——不會動我自己的手指。」

然後百般厭惡地撂下這句話。

達也沒開口回應「這樣啊」。他認為現在不適合講這種話。

「所以……由我以外的人來幫你吧。」

貢說著將左手舉到頭部高度。

一群黑衣人從樹後現身。

一棵樹後方出現一名黑衣人。

九棵樹後方出現九名黑衣人。

「藤林長正交給他們處理吧。」

「——知道了。」

達也深感意外。

不是對於黑衣人的登場，而是對於貢並非接到真夜命令卻依然主動要求協助感到意外。

「還有，亞夜子與文彌拜託我一件事。」

「請問是什麼事？」

「他們要我『將九島光宣逃亡的目的地告訴達也哥哥』。尤其是亞夜子，她非常擔心櫻井水波。黑羽家在這裡幫你也是亞夜子懇求的。」

「…………」

「我不知道九島光宣最終的目的地，但他現在正前往小田原。」

「謝謝您。」

「你的感謝，我會轉達給孩子們。」

貢說完背對達也。

達也向貢的背影行禮之後，跑向停在樹林外的電動機車「無翼」。

◇　◇　◇

和深雪通話完畢的十幾分鐘後，艾莉卡來到大和市近郊。這裡是第三次世界大戰期間，美軍停止派兵到全世界之前，美國海軍機場所在處的附近。

成為ＵＳＮＡ的美軍撤回本國之後，這座機場由國防軍的空軍基地接收。然而並沒有和同樣位於首都圈的座間基地一起成為共用基地，這裡是國防空軍占有的基地。

話是這麼說，不過美國依然是日本的同盟國。即使在背地裡對立，一般市民也不知道這個事實。美國人出現在這座城市也沒人覺得稀奇。

「何況那些傢伙看起來和日本人難以區分……」

走出小型電車車站的艾莉卡忿恨低語。挑選難以和當地居民區分的兵員擔任特務是理所當然的顧慮，如果派來日本的特務在民族上的外型特徵和日本人不同，無疑是在瞧不起日本吧。

只不過，這種道理對於艾莉卡來說不構成任何慰藉。

「應該不會有伏兵走在附近吧……」

比起躲起來的敵人，行人突然成為敵人襲擊，會消耗更多的精神力。面對躲起來的敵人，只要將注意力分配在看不見的場所就好，但是面對看得見卻無法分辨的敵人，就必須提防視野所見的一切。

「我覺得在意這種事也沒用喔。」

雷歐以一如往常的從容語氣，規勸著以犀利視線殺氣騰騰看向兩側的艾莉卡。

「已經知道敵人的根據地了。比起不知道是否存在的伏兵，應該專心注意那裡吧？」

艾莉卡以明顯壞了心情的不悅表情撇過頭。

「……艾莉卡？」

「居然被你用這種中肯論點糾正……這是我一輩子的疏忽。」

「喂！妳已經把這輩子的疏忽用光了？」

雷歐的抗議兼吐槽，使得艾莉卡更明顯別過頭去。

（啊啊可惡！有夠麻煩！）

雷歐在內心咒罵。之所以沒說出口，與其說是因為明理，不如說是多虧自己基於直覺反射性地克制下來。

要是說出口，大概會陷入無法只以「麻煩」帶過的事態吧。現在這裡只有艾莉卡與雷歐。居中協調的美月與代替成為艾莉卡出氣筒的幹比古都不在。

剛才讓幹比古送美月回家，就這麼陪同接受警方偵訊。原本艾莉卡與雷歐都必須留下來應付警察，不過擔心穗香安危的艾莉卡使用千葉道場的門路，打電話叫門徒警官前往美月家，她自己正和雷歐前往深雪告知的場所。

「艾莉卡！攔計程車吧！」

雷歐以自暴自棄般的語氣大聲向艾莉卡說。監禁穗香的場所並不是不能用走的過去，不過最好盡快行事。

艾莉卡依然沒反應，幸好這股尷尬氣氛因為第三者的介入而強制結束。

一輛自動車在艾莉卡與雷歐前方緊急煞車，一名年約二十五到三十五歲的男子在車上叫她。

「艾莉卡大小姐！」

「東海林先生？」

看到從副駕駛座車窗探頭的這名男子，艾莉卡稍微睜大雙眼。

車子是普通的房車──至少外表百分百是市售車，不過這名男子身穿ＳＭＡＴ的突擊服。

「東海林先生，你進入ＳＭＡＴ了啊。」

「是的。上個月完成研修，這個月開始上任。」

雷歐在一旁聆聽這段對話之後，大致掌握兩人的關係。名為東海林的男子應該是ＳＭＡＴ的隊員，也是千葉道場的門徒。肯定是聽到艾莉卡要來會合所以前來迎接，應該說被迫前來迎接。

（……說不定這個人也是「親衛隊」成員。）

雷歐第一次聽到的時候相當不敢置信，不過千葉道場有一個名為「艾莉卡親衛隊」的集團，將艾莉卡當成女將軍般崇拜……並非單純當成「公主」崇拜的原因應該無須說明。

他們對艾莉卡的忠誠心，或許比門徒對於師父暨道場主人的艾莉卡父親還要強烈。雷歐在去年冬天的「吸血鬼事件」親眼確認他們的向心力。雷歐抱著這樣的想法看著東海林隊員，就覺得他投向艾莉卡的眼神隱含崇拜之意，可能是自己想太多吧。

「不提本官的事，請趕快上車。已經做好攻堅準備了。」

「也對。雷歐，我們上吧。」

艾莉卡迅速坐進偵防車，催促雷歐跟上。直到剛才的賭氣表情早已拋到九霄雲外。

◇◇◇

綁架美月失敗的馬頭隊員，比艾莉卡他們先一步抵達自己的根據地。

美月綁架組的三人由亨利．傅為代表，向分隊長阿爾．王報告作戰失敗的原委。聆聽說明的其他隊員沒有出聲嘲笑三人。

「隊長，是不是應該變更作戰？」

聽完亨利的說明之後，抓穗香回來的女隊員茱莉亞．馬向分隊長阿爾如此建議。

「目標那邊的應對速度遠超過我們的預料。」

「不是巧合嗎？如果事先看透這邊的行動，就不會讓光井穗香落單吧？」

一同綁架穗香的另一名女隊員艾麗．趙插嘴說。

「不能輕視遭到妨礙的事實。說起來依照事前調查，柴田美月肯定是獨自上下學。沒有情報顯示她有護衛陪同。」

茱莉亞反駁艾麗的指摘。

「這或許也是巧合吧？」

「艾麗說的沒錯，這或許是巧合。但如果巧合造成我們的不便，那麼正如茱莉亞的指摘，無視於這個巧合不是聰明之舉。」

艾麗再度反駁之後，阿爾．王認同雙方的主張。但他不是想兩邊討好。

「作戰是以抓到兩名人質為前提擬定的。既然只抓到一人，那麼如茱莉亞所說，無法避免作戰變更。」

「即使人質只有一人，也可以將目標對象引誘出來吧？」

沒參加綁架任務的東恩．楊提出疑問。

「人質只有一人，要是當場被救走就完了吧。為了不讓目標對象抵抗，我們不能殺人質。用來引誘的人質以及用來讓目標就範的人質。人質還是需要兩人以上。」

綁架穗香回來的第三人──法蘭克・吳如此反駁東恩・楊。支持分隊長判斷的這個意見，並不是只有一開始提議變更作戰的茱莉亞附和。

「所以？隊長，具體來說要怎麼做？」

身為副隊長的巴特・李這麼問。

「把光井穗香改造成詭雷送回去。」

阿爾・王以「你們明明很清楚」般的語氣回答。

馬頭成員討論如何「使用」穗香的時候，當事人面無表情靜靜坐在一旁。

她被阿爾・王以魔法調和的藥物癱瘓意識。處於沒入睡卻也沒清醒的狀態。雖然耳朵能辨識聲音，卻無法主動對此進行思考。

對於洗腦的抵抗力等於零。

阿爾・王熟練地開始對這樣的穗香植入暗示。

──殺害司波達也。

如果省略細部條件，暗示的內容僅止於這句話。

穗香肯定無法抵抗才對。

「……不……要……」

「什麼？」

無法理解穗香這句呢喃的不只是阿爾．王。包括巴特．李以及查理．張，除了負責對外警戒的加布．朱與伊吉．何，在場見證的所有人都以疑惑眼神看向穗香。

「要我……殺害達也……辦不到……」

「茱莉亞，追加藥量。」

對於不應該出現的抵抗，阿爾．王立刻以鎮靜語氣如此下令。

繼續施打更高劑量的藥物，恐怕會造成無法回復的後遺症。這道冷酷的命令沒人反對，也沒人顯露猶豫。茱莉亞．馬在壓力注射器安裝藥液，走到穗香身旁。

但是在按下注射器之前，穗香做出在藥物影響之下不可能產生的激烈反應。

她驟然睜大雙眼。

「不要！我不會讓你們對達也出手！」

如同撕裂喉嚨般吶喊。

這或許是元素家系血統造就的忠誠心使然。

也可能是戀心引發的奇蹟。

監禁她的房間被光之洪水吞沒。

毫無章法的彩色光輝填滿馬頭成員的視野。

這些光輝沒有破壞人體的效果。

也沒有催眠或剝奪意識的效果。

狂舞的光輝就只是消除所有影子，將視力變成無用之物。

「所有人退出這個房間！」

他們選為藏身處的平房建築物，是直到兩年前都當成衛星辦公室的組合屋。馬頭分隊的八人一齊從這間會議室移動到隔壁的辦公室。最後離開會議室的巴特．李關門隔絕光輝。

緊接著，剛才在外面站哨的伊吉．何抱著衝鋒槍衝進辦公室。他們沒帶槍到日本。恐怕是從襲擊的敵人那裡搶來的。

「多數敵人來襲！」

伊吉腹部滴血。是槍傷，而且是致命傷。在場所有人看一眼就理解了。之所以完全沒聽到槍聲，應該是敵方使用高性能消音器吧。

可以使用此等裝備的戰鬥集團。

不會是警方。

恐怕是軍方。

外面響起爆炸聲。

是用來湮滅證據的自製炸彈爆炸聲。illegal MAP潛入作戰地區之後，以製造這種炸彈為第一優先。

所有人都知道，剛才的爆炸聲是加布・朱為了避免自己大腦洩漏情報而自爆。

「逃離這裡！伊吉，你知道該怎麼做吧？」

阿爾・王命令室內七名隊員逃亡之後，看著伊吉・何的雙眼確認。

伊吉拿出手心大的炸彈含在嘴裡，露出笑容。

阿爾・王沒將抓來當成人質的穗香帶走，而是從伊吉手中接過衝鋒槍，逃進地下的送貨用通道。

辦公室的門被踹破的同時，伊吉・何按下炸彈引爆鈕炸掉自己的頭。

◇◇◇

艾莉卡在偵防車上聽到前方響起微弱卻無疑是爆炸的聲音。

她看向坐在旁邊的雷歐。

雷歐也轉頭看向艾莉卡。

兩人以視線溝通，確認彼此聽到的聲音不是幻聽。

「發生什麼事？」

艾莉卡以急迫的聲音詢問副駕駛座的東海林。

「好像有別的組織攻進綁架犯的根據地了。」

東海林也藏不住緊張神情。

「別的組織？不是警察吧？」

「是公安的可能性也不是零，不過……」

「是國防軍。」

「應該吧。」

艾莉卡以斷定語氣如此推測，東海林也附和。

車上沒有後續的對話。

偵防車停靠的前方，身穿突擊服的ＳＭＡＴ隊員們排出人牆。

手握突擊步槍的國防陸軍士兵，像是與他們對峙般排成一列。槍口不是朝向ＳＭＡＴ，而是朝向天空。

士兵的隊列往兩側分開。兩名年輕女性從中間走向這裡。其中一人身穿高中制服。

「穗香！」

這名少女是被抓走的朋友無誤。艾莉卡確認之後衝了過去，雷歐也隨後跟上。

「穗香，妳怎麼了？認不出我嗎？」

穗香只以空洞的雙眼看向跑過來的艾莉卡。

她的反常模樣使得艾莉卡變了臉色。

「只是藥物暫時麻痺心理機能。依照調查，並不是會造成後遺症的藥物，所以沒事的。」

一旁陪同的女軍人露出笑容說明，像是要讓艾莉卡安心。

艾莉卡與雷歐都對這名女士官的長相有印象。

「妳是……伊豆那時候的！」

遠山司向大喊的雷歐投以親切的笑容。

「妳為什麼來救光井……」

遠山司的本名是十山司。她是二十八家之一——十山家當家的女兒，國防陸軍情報部所屬的士官長。

她在今年五月率領部隊，企圖襲擊隱居在伊豆別墅的達也。艾莉卡與雷歐和幹比古、穗香合力阻止這場襲擊。當時兩人曾經直接和遠山司個人交戰，這就是他們認識司的原委。

面對昔日妨礙情報部任務，也讓司個人嚐到苦頭的對手，司不可能毫無自己的想法。但她的笑容完全沒讓人感受到這種負面情感。

「我隸屬於防諜單位。阻止外國諜報活動與破壞任務是我原本的職責。」

「……也就是不把私情帶進工作？」

艾莉卡以明顯聽得出內心起疑的語氣詢問。雷歐看不出司的笑容有何虛假，但是艾莉卡不一樣，大概因為同為女性吧。

「其實也有我個人的動機。上司命令我在這次的任務挽回伊豆的失態。要救出的對象是誰，不在我的考慮範圍。」

「……啊，是喔……」

滿不在乎的這段爆料使得艾莉卡的氣勢大打折扣。她原本就不堅持要親手救回穗香。也因為剛才經歷那場戰鬥，所以沒有鬧得不過癮的問題。總之成功救出穗香了。至少表面上完全沒有抱怨的道理。

「……穗香需要治療嗎？」

必須先問清楚的只有這件事。

「不需要。藥效三、四個小時就會退。」

現在就相信這番話，陪伴穗香四個小時左右吧。如果到時候還沒回復就再找醫生診療——艾莉卡是這麼想的。

確認穗香平安之後，大概是終於有餘力注意周邊，救人部隊的士兵運送同伴屍體的光景使得艾莉卡蹙眉。

「被打得真慘啊……」

低語的是雷歐。他看著死者的表情也和艾莉卡差不多。

雷歐這句話不是詢問，是自言自語，但司以嚴肅表情回應。

「是的。對方只有兩人應戰，這邊卻犧牲四人，受傷人數是死者的兩倍以上。當時我都已經架設護盾……我有點喪失自信了。」

「妳說妳是師補十八家的人，而且是護盾魔法專家吧？對方這麼棘手？」

伊豆事件之後沒多久，艾莉卡他們受到深雪「不要亂來」的斥責，同時從深雪口中得知遠山司的真實身分。即使沒聽過說明，司所架設個人用護盾的強度，他們也從交戰經驗頗能理解。

伊豆那時候，艾莉卡他們活用樹林地形發動奇襲，癱瘓司率領的部隊。只看結果或許是輕鬆獲勝，但如果在視野開闊的場所開打，艾莉卡認為應該不會那麼簡單。

這裡即使有建築物做為遮蔽物，要弄奇計的餘地也比樹林少。何況說到奇襲，國防陸軍反而才是發動奇襲的一方。對付守方的兩人卻犧牲四人，艾莉卡覺得太多了。

「雖然早就料到不好對付，但我們的推測好像還是太天真了。不愧是illegal MAP……他們的惡名可不是浪得虛名。」

「illegal MAP？這是那些傢伙的部隊名稱嗎？」

「是以魔法師組成的ＵＳＮＡ非法特務部隊。有人說他們暗殺太多新蘇聯軍的重要人物，導致ＵＳＮＡ軍與新蘇聯軍爆發嚴重的局部戰爭。不過美軍內部也將他們視為問題，我也聽說已經肅清了。」

「原來是一群瘟神啊……」

雷歐輕聲說完，司回應：「嗯，是的。」

「看來你們也和他們打過一場，幸好沒人犧牲。應該是因為做得太張揚會影響原本的目的，他們才以撤退為優先吧。」

「原本的目的是什麼？」

「暗殺司波達也。」

司很乾脆地回答艾莉卡的問題。

這反倒令艾莉卡吃了一驚。

「馬頭分隊——啊啊，這是本次派到我國的illegal MAP部隊名稱，他們大概不想被司波摸清實力吧。因為要是被認定不好對付，即使抓到人質，司波也可能不會乖乖上鉤。」

「他們擄走光井以及對柴田下手，都是為了當成引誘達也的人質？」

「我們是這麼認為的。」

面對雷歐的詢問，司也毫不隱瞞點頭回應。

「我知道各位的實力，但是對上認真起來的illegal MAP，請別以為能夠全身而退。可以的話希望將追捕任務交給我們，也請SMAT收手。」

司之所以回答艾莉卡與雷歐的疑問，大概是為了提出這個要求吧。

「那麼，告辭。我們要動身追捕剩下的幹員。」

司說到這裡敬禮（今天的司和男性士兵一樣穿軍裝戴頭盔），然後背對艾莉卡他們，前去和同伴會合。

目送搭乘敞篷軍車離開的陸軍官兵之後，艾莉卡詢問不知何時來到身旁的東海林。

「陸軍那麼說了，SMAT要怎麼做？」

「無論對方是誰，國內的犯罪都是警方管轄範圍。聽到軍方要求收手，我們更不能退讓。」

東海林嘴角露出一抹無懼一切又咄咄逼人、很像千葉道場成員會有的笑容。

「艾莉卡大小姐，方便請您送受害者回家嗎？明天之後再接受偵訊就好。」

「……知道了。」

艾莉卡沒逞強。她是來拯救穗香的，對於拘捕恐怖分子興趣缺缺。雖然不是完全不想追求這方面的功名，卻也沒什麼意願。

敵方目的是取走達也的性命，艾莉卡有點在意。但是暗殺達也不可能順利成功。艾莉卡對此深信到無須逐一提出根據。

艾莉卡決定聽東海林的建議送穗香回家。ＳＭＡＴ隊長說要分派人員護衛，但她鄭重拒絕。相對的，她不情不願接受雷歐陪同，帶著還無法獨自行動的穗香，搭乘小型電車前往她的住處。

◇　◇　◇

自動車抵達小田原，光宣在車站下車。水波也和他在一起。

兩人當然在長相上動了手腳，卻不是以「扮裝行列」變身，是使用周公瑾在祕密住所準備的小道具進行喬裝。「扮裝行列」只集中使用在偽裝兩人的位置。

光宣以「扮裝行列」將自己與水波的個體情報貼附在九島真言轉讓的女機人身上，女機人接下來將駕駛這輛自動車沿著海岸線往東。雖然設定女機人最後將在抵達逗子的時候自爆，但光宣認為在這之前應該就會被達也逮到。

光宣與水波的目的地是橫須賀。和自動車的行駛路線與方向幾乎相同。若要甩掉追兵，按照常理的正確做法是讓車子開往完全不同的方向，但這次讓路線重疊有其意義。

（「扮裝遁甲」……但願可以順利發揮作用……）

為了瞞過達也的眼睛，光宣認為需要將「扮裝行列」與「鬼門遁甲」融合為新的魔法，緊急建構出來的就是「扮裝遁甲」。他自覺這是匆忙趕製的急就章術式，卻是他在有限的時間內傾全力琢磨出來的魔法。光宣內心某處確實有著不會這麼輕易被達也看穿的自負。

「扮裝遁甲」是否騙得過達也，必須試著逃看看才知道。自動車已經留下光宣他們駛離。他為了成功逃亡而絞盡腦汁組裝的機關開始運作。

大局已定。

已經不是猶豫的階段了。

接下來只需行動。

光宣帶水波坐進小型電車，將目的地設定為「橫須賀軍港前」。

◇◇◇

即將抵達小田原的時候，達也觀測到水波的情報體分裂。

（怎麼回事？）

如果這裡不是高速道路，達也應該會將機車停在路肩。他將駕駛模式改為半自動，思緒朝向這個難解的現象。

（還是一樣無法鎖定座標。）

（不知道位於哪一個點，只知道可能存在的範圍。）

（這個不明確的位置情報，卻進一步一分為二各自移動？）

達也覺得這不是「扮裝行列」，也不是「鬼門遁甲」。

兼具兩者的特徵。給達也的印象不是同時行使兩個魔法，而是「扮裝行列」與「鬼門遁甲」融合。

（光宣創造了新魔法？）

若是如此，就代表光宣在這短短的時間內跨越了九島烈的數十年。

這種事並非絕對不可能。因為短短不到一週就讓「幽體消散」接近完成的不是別人，正是達也自己。

（不，現在重要的不是這個。）

然而在這個狀況應該視為問題的，不是光宣所使用這個魔法的研發期間。達也訓誡著思路差點走偏的自己。

（水波的情報體——水波本人在哪裡？）

到頭來非得查明的只有這件事。

達也將駕駛交給機械，自己將意識朝向情報次元。

（其中一個情報體，在海邊沿岸的道路上移動。）

（另一個情報體在……同一條道路上？不對，在跨縣市列車的軌道上……嗎？）

達也的「眼」無法看透隱藏在偽裝底下的實體。方向相同導致可能性擴大，兩個情報體的差異因而被吞沒。

（——先前往分歧點吧。）

顯示水波現在位置的「面」，是在小田原車站周邊出現分歧。達也從半自動改回手動駕駛，騎車前往小田原車站。

◇　◇　◇

illegal MAP隊員執行作戰時，最重視的規則是「不得落入當地管轄單位的手中」。他們是接受ＵＳＮＡ政府的指示執行犯罪行為或恐怖攻擊，只有這個事實千萬不能曝光。

即使身上沒有任何物品顯示和美國有關，一旦被活捉就會被逼供。即使沒招供，也會從大腦被抽取情報。從死者大腦依然能讀取某種程度的情報，所以若要自盡一定得主動炸碎腦袋。

遭到遠山司率領陸軍情報部防諜部隊突襲，加布．朱與伊吉．何陷入不可能逃亡的狀況，因此以自殺用的小型炸彈炸毀自己的頭部。不過自爆是最後手段。在這之前，為了避免被抓而確保逃離路線是不可或缺的工作。

加布與伊吉以外的馬頭分隊八人，利用運送貨物用的地下通道鑽出陸軍情報部的包圍網。但還不是能放心的狀況。馬頭分隊的阿爾・王隊長認知到至少有兩個部隊正在追捕他們。雖然作戰失敗，不過現在必須優先甩掉追兵。

走地下通道的時間頂多一分鐘，路程大約一公里。移動的時候使用了魔法，所以也可能被偵測到痕跡。馬頭分隊的生還者不等隊長指示就接連搭上直升機。

他們選定用來逃走的直升機屬於某媒體機構。其實這個場所是某大型報社的分公司。然而並沒有「該報社暗中勾結illegal MAP」這種內幕。他們靠事前調查得知，停放在這裡的直升機極少出動。這條逃亡路線是靠它成立的。

「極少出動」當然不是「完全不出動」。無從保證來到這裡肯定能確保直升機還在。如果運氣不好直升機正好出動中，他們將預定去搶其他的交通工具。若要判定他們的運氣好壞，這次應該是「運氣不錯」吧。

坐上駕駛座的巴特・李立刻進行起飛程序。阿爾・王從腰包取出特別加強通訊功能的行動終端裝置，要竊聽日本的軍用與警用無線電。

收訊器塞進左耳，首先將頻率調整為易於解碼的警用無線電頻率。但是他還沒聽到警方的通訊，小型終端裝置就亮起收到訊息的燈號。

小型終端裝置的細長畫面顯示寄件人是USNA海軍。出乎意料的通訊使得阿爾・王蹙眉，從胸前口袋取出泛用的智慧型眼鏡戴上。將通訊終端裝置按在智慧型眼鏡的鏡架，就自動透過接觸通訊完成裝置配對，訊息顯示在眼睛前方。

檢視毫不矯飾的文字訊息之後，阿爾．王將智慧型眼鏡後方的雙眼睜大。

「你是什麼人？」

阿爾．王的詢問透過收音器傳入通訊終端裝置，自動轉換成文字傳送。

對方立刻回應。

「你是七賢人？七賢人為什麼將司波達也的情報洩漏給我們？」

聽到阿爾．王說話聲的部下全部轉頭看過來。「七賢人」是必須提防的人物，先前隔離在監獄裡的illegal MAP也收過這個通知。

「……知道了。暫且相信你。」

阿爾．王粗魯按下按鍵關閉收訊器，就這麼戴著智慧型眼鏡看向駕駛座。

「巴特，沿著從鎌倉通往小田原的公路往西方飛。司波達也會出現在那條路上。」

「收到。」

巴特沒多說什麼，也沒和阿爾進行不必要的對話，在飛行導航系統設定新的飛行路徑。

「隊長，七賢人說了什麼？」

坐在阿爾．王右邊的艾麗．趙以毫不客氣的語氣問。

「『馬頭分隊接到的任務應該是暗殺司波達也吧？肯定沒餘力在意其他事。』」

阿爾・王據實唸出剛才收到的回覆訊息，回答艾麗的問題。

「雖然聽起來氣人，但七賢人的指摘沒錯。在這個節骨眼，應該不用管情報的可信度。」

「如果是陷阱怎麼辦？」

艾麗・趙在開始上升的直升機上繼續詢問。

「強行拆除就好。」

阿爾・王以堅定語氣回應。

[13]

光宣與水波搭乘開往橫須賀的電車約十分鐘後，達也抵達小田原車站。

現在是星期五的下午六點多。進出車站的乘客很多，因此難以搜尋想子痕跡。

另一方面，「精靈之眼」所見的情報體依然分成兩個。即使試著將時間倒回偵測到分裂的時間點，同樣觀測到「下車改搭小型電車的兩人」與「就這麼搭乘自動車往東走的兩人」這兩種情報體。說來遺憾，即使是達也也無法分辨哪一邊是真的，哪一邊是假的。

（只確定兩者都往東走嗎……）

一分為二的水波情報，朝著幾乎相同的方向移動。無論要追哪一邊，總之走海邊沿岸的高速道路是最快的路徑。看起來載著水波與光宣的自動車也是走這條路。

（……雖然不是滋味，但也沒辦法了。）

感覺正中光宣的下懷，卻別無選擇。達也騎車前往高速道路的入口。

◇　◇　◇

成功操控馬頭分隊的「七賢人」雷蒙德・克拉克著手進行下一個密告。成為寄生物之後一直甘於成為STARS附屬品的他，久違有機會上場發揮本領。雷蒙德神采奕奕。

接下來要將「情報」提供給日本警方。不是正在追捕馬頭分隊的ＳＭＡＴ，是至今也習慣稱為「縣警」的地方警察某分局。具體來說是小田原警察局。

雷蒙德重新審視剛才以鍵盤輸入的字句，咧嘴一笑。他在即時溝通的時候使用語音輸入，但是最初寄出的訊息，他喜歡以鍵盤打字輸入。這麼做比較像是「密告」，表現出他基於個人興趣的堅持。

『小田原車站附近有恐怖分子騎電動機車入侵。恐怕會因為內鬨而爆發戰鬥。機車為純黑色烤漆，橫式三眼車頭燈之全整流罩大型車。騎士也穿黑色騎士服，預測往鎌倉方向移動。』

「稍微呆板過頭了嗎……」雷蒙德看著以日文寫成的內容輕聲說。

「哎，算了。畢竟也不能花太多時間。」

但他隨即像是讓自己接受般自言自語，按下傳送鍵。

「好啦……達也，你敢對自己國家的警察出手嗎？」

雷蒙德露出邪惡……應該說惡作劇頑童的笑容。

◇ ◇ ◇

意想不到的奇怪信件，在小田原警察局引發小小的騷動。

告知有恐怖分子入侵小田原的電子郵件。

警察們看完這封郵件，一開始笑說這是惡作劇。

不過為求謹慎，以實況模式檢視小田原車站附近的監視器（不同於錄影檔案，即時影像的使用權限比較寬鬆），發現了符合郵件所記載特徵的機車與騎士之後，大約一半以上的警察主張要前去處理。

黑色的全整流罩機車不是什麼特別稀奇的東西，黑色騎士服也是。不過黑色機車搭配黑衣騎士的外型，聽人一說就隱約覺得可疑。

『局長，查出電動機車的車主了。』

比對車牌號碼的職員以內線電話回報。既然立刻查明車主，代表車牌至少不是偽造。

『登記在「花菱賽車」這間東京公司的名下。』

「負責人是？」

『登錄的姓名是花菱兵庫。實質上是個人經營的小型修車廠。』

「知道了。辛苦了。」

不只是刑事課與交通課的課長，機動隊的負責人也集合在局長面前。

「你覺得呢？」

「沒發現違規行為，現階段也不方便臨檢盤問。」

回答局長問題的是交通課課長。接著機動隊隊長走向前。

「派出特型警備車追蹤吧。如果恐怖分子真的起內鬨爆發槍戰，派普通警車或警用機車只會讓同仁遭遇危險。」

別名二十年世界連續戰爭的第三次世界大戰結束之後，機動隊現在使用的特型警備車，是將國產的小型輪式裝甲車改造為警用車輛。

「也對。」

局長點頭回應，要求管區的機動隊出動。

◇　◇　◇

「發現了！」

以魔法代替望遠鏡與夜視裝置，從直升機側邊露臉搜索的查理・張，朝著機艙內部大喊。

坐在另一側座位的阿爾・王將機門向後拉開，上半身探出機外，架起從國防軍那裡搶來的衝鋒槍。

「巴特，下降接近過去！」

阿爾・王以不輸給風聲的音量吼叫。

這是在交戰時搶來的槍，所以沒有備用彈匣。雖然並不是沒有衝鋒槍以外的攻擊手段，不過基於封鎖敵方反擊的意義，還是應該力求確實。

「收到！」

巴特・李以同樣的音量吼叫回應，將機頭往下壓。

阿爾・王在瞄準鏡的範圍內，捕捉到全身漆黑的機車騎士身影。

◇◇◇

離開小田原車站約十分鐘，在高速道路騎了二十公里左右的時候，達也察覺直升機的螺旋槳聲從東方接近。

他直覺感應到明顯投向自己的視線，將「精靈之眼」朝向該處。

一架媒體直升機從大和市與綾瀨市交界附近經由鎌倉飛向這裡。不過機上搭乘的是戰鬥魔法師——

幾乎在讀取到這份情報的同一時間，達也察覺有槍口瞄準過來。

達也趴在整流罩，大幅翹起前輪，讓機車朝向上空的直升機。

沒響起槍聲。大概是使用性能優秀的消音器吧。

但他感受到中彈的衝擊。衝鋒槍的小口徑高速彈被電動機車「無翼」的前方整流罩反彈四散到周圍。幸好跳彈所及的範圍沒有其他車輛。

前輪翹高到這樣下去無法避免翻車的「無翼」，就這麼以達也的魔法飛上天空。

子彈空虛穿過機車下方，打碎路面的柏油彈跳。

達也就這麼讓「無翼」垂直仰攻，前後輪同時撞向直升機。

機艙出現裂縫，直升機大幅晃動。

失去平衡俯衝的直升機，在即將墜落時勉強穩住機身。

媒體機構名下的這架直升機再度上升，達也在被機上搭乘的暗殺部隊戰鬥魔法師攻擊之前，在空中全速遠離，同時發動魔法。

直升機化為巨大的火球。

碎片沒有飛散。

粉碎直升機的是達也的分解魔法「雲消霧散」。

產生火球是因為機身材料內含的自燃物質燃燒，其熱度連鎖點燃了可燃物質，所以燃燒過程進行得比較慢。也因此，爆風相較於火球的規模沒那麼大，加上爆炸發生在較高的位置，所以高架道路沒受損。

不過將近日落的多雲天空突然出現火球，令眾人嚇了一大跳。時間還不到下午七點。是平日的七點前。高速道路無論是上行還是下行，來往的車輛都不算少。

一開始的槍擊已經使得車流停止，突然產生的火球使得駕駛們陷入恐慌。

人們棄車在高架道路上徒步驚慌逃竄。但也多虧這樣，所以戰鬥現場沒殃及平民，可說是不幸中的大幸吧。

達也騎的飛行機車降落在路面。

火球裡噴出八個人影。

是四具焦屍與四名成功抵抗烈焰的魔法師。

達也停下「無翼」，跳下坐墊。對方不一定沒有長程攻擊手段。繼續騎車會讓背後暴露在危險之中，與其背負這種風險，達也決定不惜消耗一些時間也要在這裡打倒對手。

四名魔法師都是三十五到四十五歲。

三名男性與一名女性。

達也沒有讀取對方情報體記載的個人屬性。

他讀取的是四名魔法師準備建構的魔法式情報，以及四人的肉體構造情報。

他並不是使用裝甲服安裝的完全思考操作型ＣＡＤ，而是從腰間槍套抽出手槍造型的特化型ＣＡＤ，瞄準攜帶衝鋒槍的魔法師。

四名魔法師進入發動魔法的態勢。

達也不以為意，扣下ＣＡＤ的扳機。

愛用的ＣＡＤ「三尖戟」輸出三連分解魔法「三尖戟」的啟動式。

讀取啟動式與建構魔法式都是瞬間完成。

花費的時間幾乎等於ＣＡＤ的運作時間。

達也同時發動四個三連分解魔法。

四×三的魔法程序瞬間完成。

四名戰鬥魔法師體內與體外形成的事象干涉力力場消散，保護肉體的情報強化裝甲剝落，肉體粉碎拆解到元素層級，亮起小小的火焰消失。

這是組成人體的自燃物質瞬間燒盡的結果。

這個現象表面上是人體燒燬，實際上是人體消失。

三連分解魔法「三尖戟」。

三名男性與一名女性。

達也的魔法——達也不會刻意區分男性或女性。

剛才成功抵抗烈焰的四名魔法師，其自身的存在瞬間被抹滅，之後只剩下四具焦屍。

只以兩人就重創陸軍情報部防諜部隊的USNAillegal MAP馬頭分隊，即使八人聯手對付達也一人也撐不了三分鐘。

不到三分鐘就被達也殲滅。

裝甲車隨著刺耳的警笛聲從西方接近。機動隊的特型警備車將民眾恐慌棄置在路上的自動車推開前進。

總共兩輛。

達也將CAD收回槍套，跑向電動機車「無翼」。

發動馬達，一口氣讓車身加速。

要在這種地方浪費時間應付警察，現在的達也做不到。就算這麼說，若要以魔法分解警方的車輛，考慮到善後問題會有所顧忌。這輛機車的車牌是登記在當局的正規車牌，雖然只是間接，但登記內容包含和達也相關的情報。

他以思緒操作裝甲服內建的CAD。

建構「分解」的魔法，朝前方施放。

八百公尺內的高速道路與一般道路監視器斷線停止機能。

接著發動飛行魔法。

達也讓機車跳躍，降落在高架道路下方的一般道路。

接著操作龍頭中央儀表板設置的一顆按鍵。

車身產生變化。

整流罩從黑色變成深藍色，車牌號碼改寫。

為了建設高架高速道路而減少車流量的舊道路前方依然不時出現自動車，載著達也的機車從旁邊超車，朝著東方疾馳。

達也在中途重新騎上高速道路，再度開始追蹤。

◇　◇　◇

小型電車抵達橫須賀。下車到月臺的光宣，好不容易壓制內心想確認達也現在位置的誘惑。

要是現在以「精靈之眼」看向達也，「扮裝遁甲」很可能被破解。逃走計畫還沒結束，直到最後都不該鬆懈。

水波走下電動車廂。她抬頭看向北方，隨即再度低頭。水波的注意力不在追她的達也身上。她遙望的是調布方向，深雪肯定已經返家的那棟大樓。

光宣不用問就看透水波在想什麼。她明顯捨不得至今的生活，捨不得和達也與深雪共同居住的每一天。

——可以就這麼帶她走嗎？

光宣內心產生迷惘。

事到如今，在這個節骨眼還……光宣默默嘲笑自己。即使如此，他還是忍不住思考。

水波沒必要逃離日本。

美軍不一定會禮遇水波。

一旦離開日本，將會只有光宣站在她這一邊。

美軍或許會以水波為人質企圖控制光宣。

不只如此，或許會利用她來抹殺達也。

如果將自己的情感置之度外，在這裡和水波道別才是為了她好——光宣不禁這麼認為。

「水波小姐——」

「是。」

水波就這麼低著頭沒看向光宣，回應他的聲音。

——要留在這裡嗎？

——在這裡道別吧。

這些話語湧上光宣喉頭。

「——走吧。」

但他沒有宣告離別。

從他口中說出的是催促同行的話語。

「……是。」

水波點頭回應。

光宣踏出腳步，水波緊跟在他身後。

——這樣就好。

——因為她答應了。

光宣對自己這麼說。

而且重新向自己發誓，一定要由自己保護水波。

光宣帶領水波前往横須賀軍港。

◇ ◇ ◇

達也擊退馬頭分隊的襲擊約十五分鐘後，進入鎌倉市沒多久，他的肉眼視線範圍捕捉到追蹤至今的自動車。

比達也預估的時間慢了十分鐘以上。比起擊退馬頭分隊所需的時間，後來為了甩掉機動隊車輛而暫時走下高速公路損失的時間比較多。

（那是……不對。）

由於不只是在情報次元認知，同時也在物理次元視認，達也得以清楚認識到剛才在小田原車站前方不明就裡的突兀感。

搭乘自動車的光宣與水波情報體，沒有時間上的厚度。頂多只有一小時半的履歷。換句話說他們是大約一小時三十分鐘前打造的複製品。

（原來如此……如果是在二十四小時以內製作的分身，回溯情報體的履歷就能辨別嗎？）

達也隨著「事到如今也太遲了」的自嘲心態，將這個發現銘刻在心。

如果在西湖前方發現九島蒼司擔任替身的那時候就察覺該有多好，不過事情已經過去了，現在發愁也於事無補。

這次完全上當了。但是必須好好記住以免重蹈覆轍。

達也在這個時間點沒停止追蹤自動車，是因為他想從複製的情報體取得本尊的情報。為了更確實讀取情報，他打算讓自動車停下來，和情報體貼附的對象接觸。

以拆掉輪胎或破壞馬達這種粗暴方式強迫停車恐怕會造成事故，不是理想的做法。最好是引發不會肇事的故障，讓車輛的安全系統下令停車。

檢討要破壞哪個部分之後，達也決定將車禍緩衝裝置的管制電腦斷線。

他慎重瞄準，發動分解魔法。控制安全氣囊啟動時機、座椅角度與手煞車的電腦從行車系統切離。

正如達也的計畫，自動車緩緩停靠到路肩。

達也繞到自動車前方停下機車，走到副駕駛座旁邊抓住門把。雖然上鎖，但他以魔法破壞。強行打開車門之後，達也左手按在副駕駛座女機人的頭部。

女機人複製了水波的情報體。

回溯到複本製作的時間點。

接下來追溯複本母體的情報體履歷。

之所以做得到這種事，是因為偽裝用的情報體忠實複製原版。複本在製作的時間點一定會接觸到母體的情報，所以回溯到那個時間點就能找到本尊的情報體。

使用本人的衣服或飾品就無法這麼順利。如果是本人的頭髮或體液等身體組織也做得到相同的事。要不是樹海的祕密住所被藤林長正的「火遁」燒光，達也應該會因為找到水波的頭髮而更早掌握她的去向吧。

只不過以水波的習性，祕密住所內部很可能完美打掃乾淨，不留一根頭髮。如同她即將出院時的入住病房那樣。

這部分暫且不提。

水波被擄走至今，達也第一次在不受「扮裝行列」與「鬼門遁甲」的影響下接觸到水波的情報體。這麼一來除非達也移開視線，否則再也不會追丟水波。因為光宣再怎麼偽裝「現在」的情報體，也無法掩飾達也追溯「過去」所得到的情報。

「唔？」

達也發出簡短的疑惑聲。

寄宿在女機人身上的光宣與水波情報體複本突然消失。

大概是光宣發現達也的接觸而解除了魔法。

或者是預先設下「被某人接觸就解除」的制約。

無論如何，結果都只有一個，不對，是兩個。

達也失去了尋找光宣的線索。

達也再也不會追丟水波。

前者附帶「除非再度接觸」的條件。

後者附帶「除非自行放棄」的條件。

不過，應該對這個結果感到滿意。

達也確認水波現在的位置。

（橫須賀軍港嗎……）

現在水波位於橫須賀軍港的閘門。

光宣肯定也在那裡。

為了做個了斷，達也決定以飛行裝甲服「解放裝甲」飛往橫須賀。

（——什麼？）

但他沒能起飛。

在這個時間點，達也遭到完全出乎意料的阻礙。

◇ ◇ ◇

小型電車車站到橫須賀軍港閘門的距離，以路程計算約四百五十公尺。以房仲業界的計算方法是步行六分鐘。光宣與水波在這條路走了十分鐘。

這樣的步調是迷惘的證明。光宣與水波都心懷迷惘。

可以就這麼前進嗎？兩人都在猶豫。

——可以就這麼瞞著水波嗎？

這是光宣的迷惘。

——可以就這麼瞞著光宣嗎？

這是水波的迷惘。

兩人都懷著「我或許在欺騙對方」的罪惡感。

光宣是因為預測美軍可能將水波當成人質利用，卻瞞著沒說。

水波是因為八雲慫恿她「跟著光宣走是為了深雪好」，卻瞞著沒說。

途中，兩人好幾次想講明，卻每次都把話吞回肚子裡。

兩人就這麼沒向彼此講明，抵達橫須賀軍港的閘門。

閘門那裡除了國防軍的職員，還站著一名USNA海軍的士官。

不對，是身穿士官軍服的少年。

「嗨，光宣。我來迎接你了。」

「雷蒙德，是你？」

前來迎接兩人的是寄生物之一——雷蒙德．克拉克。

達也正要以飛行魔法飛上天空的瞬間，天地顛倒了。他站著俯視夜空雲層，經過頭頂的是以柏油鋪平的高速道路。

如果以合理邏輯思考，這是幻覺。

達也對於瞬間以幻覺捕捉自己的對方實力嚴加警戒，並且為了破解幻影而中斷飛行魔法，準備使用「術式解散」。

然而，在他中斷飛行魔法的剎那，顛倒的世界回復正常。

（這種幻術的「手感」是……）

對於無法明確定義的魔法特徵，類似氣氛的這種感覺，達也形容為「手感」。用詞在這個時候不重要。問題在於達也「記得」這種幻影魔法。

達也發動飛行魔法。這次不是在即將發動時中斷，是真的讓重力控制產生作用。

不過，腳依然踩著地面。

然後天地再度在即將發動時顛倒。

飛行魔法是改寫重力方向，使得目標對象朝著任意方向「落下」。

假設達也的身體在空中，他應該會抓不到方向，無法控制飛行魔法。因為鞋底傳來柏油路面的觸感，達也才免於迷失自己的上下左右。

（干涉方向知覺的性質和「鬼門遁甲」一樣。「忍術」也吸收了系出同源的技術嗎？）

如果這個幻術企圖不讓達也飛上天空，那麼現在這個狀態就達到其目的。不過飛行魔法正在發動，所以也無法解除幻術。達也讀取至今依然輸出幻影的魔法式，從發動程序的履歷鎖定魔法施放的場所。

達也在結束飛行魔法的同時施放「術式解體」。

朝著沒對自己使用魔法的魔法師使用「術式解體」，並沒有解除魔法的效果。不過，可以逼使藏身的對手現形。高壓想子流會搖晃人類身上的想子力場。搖晃會造成氣息的亂流，波及周圍的空間。

如果術士是一邊移動一邊使用幻術，「術式解體」只是白費力氣的空包彈，不過這名對手似乎不打算徹底躲藏。

身材高瘦，僧侶外型的熟悉臉孔出現在達也面前。

使用幻術阻止達也的術士，是他稱為「師父」的九重八雲。

◇　◇　◇

光宣與水波搭乘雷蒙德駕駛的敞篷自動車，緩緩行駛在橫須賀海軍基地。

「雷蒙德，你入境沒問題嗎？」

時間已經是晚上七點多，行走在基地道路的人影不多。也沒和其他自動車會車。對話不需要在意別人聽到。

「什麼沒問題？」

雷蒙德反問光宣。語氣聽起來不像裝傻。

「在大阪有警察追捕你吧？我想通緝令應該還沒解除。」

「啊啊，那件事啊。我覺得只要不走出基地應該就不成問題。」

橫須賀海軍基地只不過是美軍也能利用，並非日本法令不適用的治外法權區域。不過警方搜查權難以深入軍方基地也是事實。不太清楚國防軍與警方強弱關係的光宣只能心想「原來是這樣啊」而接受。

「我才要說，光宣你居然順利抵達這裡。達也至今不是在追捕你嗎？」

雷蒙德笑嘻嘻詢問。光宣即使心想「啊啊，這是了然於心的表情」，依然回答「他是在追捕我沒錯」。

「現在大概也還在追捕我。」

而且他如此補充。

「即使達也在下一瞬間出現在我們上方，我也不覺得奇怪。」

「出現在基地上空？即使是達也，他會做到這種程度嗎……」

雷蒙德先是搖了搖頭。

「……不，達也或許會這麼做。」

但他立刻改口。

「那麼，得快點才行。」

雷蒙德嘴裡這麼說，卻沒讓自動車加速。

光宣和雷蒙德交談的時候，水波就這麼在光宣身旁不發一語。

雷蒙德也沒主動向水波搭話。

◇ ◇ ◇

「師父，您這是什麼意思？」

達也之所以一開口就是責問的語氣，考慮到這種場面的前因後果也堪稱在所難免。他無預警就遭受幻術攻擊。

「哎，別這麼氣，我們稍微談一談吧。」

八雲沒有認真回答的意思。達也如此判斷，便使用飛行魔法要飛去找水波。

但是八雲的法術再度妨礙達也。

「師父！你要站在光宣那邊嗎？」

達也語氣變得粗暴也是當然的。

八雲大概也這麼認為，總是掛在嘴上那抹難以捉摸的笑容消失了。

「九島光宣與櫻井水波應該已經抵達橫須賀。說不定現在差不多上船了。」

「所以我在趕路。」

「為什麼？」

「什麼？」

達也的話語終於失去恭敬與客氣。

「達也。你為什麼在趕路？」

「當然是因為他們一旦出航，事態將會變得麻煩。」

「變得麻煩？但你的行動已經演變成嚴重的問題喔。」

「……！」

達也語塞無法反駁。

「機動隊到處在找你。居然在國內公路上演槍擊戰，這種事在戰爭的時候都很少見。不只如此，還有直升機焚燬，多達四人被燒死。對於警方來說，實在不是能夠饒恕的事態。」

「…………」

「在西湖前方棄置輪胎脫落的車輛也不太妙。九島家的次男接受警方訊問，魔法協會現在雞飛狗跳。還有你扔著樹海發生的火災不管，消防局忙得焦頭爛額。」

「這……」

「不是你造成的？這種抵賴不管用的，你自己肯定很清楚這一點。不只是今天的事。戰鬥用的自動人偶在調布醫院前面自爆，導致好幾隻妖魔解放的那場騷動，九島烈的死以及後續國防軍的混亂，原因都在於你與九島光宣的衝突。巳燒島遭受的侵略演變得那麼激烈，你們在水波爭奪戰的對立也並非毫無關係。」

「……所以你現在要妨礙我？」

「讓他們走不是很好嗎？」

達也迫不得已提出的追問，八雲面不改色心平氣和回答。

「水波小姐現在依然是人類吧？這不就證明了九島光宣尊重她的意願嗎？九島光宣確實是妖

魔，卻不會危害水波小姐。」

「意思是……你不在乎水波成為寄生物？」

「這對我來說無關緊要，而且是否拋棄人類身分，端看她自己的意願吧？沒有你與深雪置喙的餘地。」

達也咬緊牙關，閉上雙眼，然後驟然睜大。

「九重八雲，絕對不准你妨礙我！」

「不行，容我妨礙你這一次吧。」

達也猛然起飛。

但是八雲的幻術使他上升不到十公尺就墜落，不得不降落回到地面。

◇　◇　◇

光宣與水波從自動車轉搭小艇。只是在沒有頂蓬的划槳船加裝引擎與推進器的成品。安裝在船尾，一如往昔和船舵一體成形的駕駛桿由雷蒙德操作。

終究不可能以這艘小艇橫渡太平洋才對，外海應該有更大的船在等待吧。光宣沒對雷蒙德說話，以免妨礙他駕船。

但是一反他的貼心，雷蒙德開口了。

「看來達也沒趕上。」

「轉搭的船快到了嗎？」

感覺雷蒙德這句話像是烏鴉嘴，光宣心懷些許焦急詢問。

「嗯，快到了……啊啊，看見了。」

雖然聽他這麼說，但光宣無法視認船身。

「潛艦……？」

水波在光宣身旁低語。

在好久沒聽到的水波聲音引導之下，光宣再度凝視海面。

「那個嗎……？」

那裡確實露出一個線條平緩，像是扭曲圓頂的物體。

「你居然看得出來。」

雷蒙德不知為何以洋洋得意的語氣同意光宣這句話。

「全潛型高速運輸艦『珊瑚號』。形容為『運輸用潛艦』果然比較好懂吧。」

「全潛型？」

「沒錯。可以將波阻力……不，等上船再講這個吧。」

雷蒙德沒減速，將引擎操縱桿往前推，使得推進器與船舵抬出水面。

小艇就這麼開上圓頂——運輸用潛艦的「背部」。

雷蒙德抓住一根近看才總算看得見的細桿。

這大概是暗號，扭曲的艦身出現細縫，大大的艙門側滑開啟。

「好啦，上船吧。」

雷蒙德走下小艇。

光宣踏上船身。緩衝材質稍微生效，鞋底傳來的觸感沒想像的滑。

他伸手協助水波走下小艇。

光宣與水波跟在雷蒙德身後，踏入從艙門向下延伸的階梯。

在他們的身後，船員將小艇拉進艦內。

艙門在兩人走完階梯的同時關閉。

雷蒙德轉過身來，大幅張開雙手。

「歡迎來到ＵＳＮＡ海軍運輸艦『珊瑚號』。」

雷蒙德以裝模作樣的語氣，對光宣與水波如此告知。

◇◇◇

因為八雲的幻術而被迫墜落的達也，好不容易以雙腳著地。他站直身體，這次改成水平往東方飛行。他想在逃離八雲幻術範圍之後上升。

但是達也不得不再度中斷飛行。他的雙腳稍微向後滑動讓身體停止，然後看向表面上站著不動的八雲。

達也右手伸向腰間，從槍套拔出「三尖戟」，將「槍口」瞄準八雲。

八雲的身影緩緩搖晃，像是一陣煙般消失。

達也雙腳狠蹬柏油路面。

不是要起飛。

是以握拳揮打的姿勢，踏向八雲身影消失的左方一公尺處。

柔和的風纏在達也身上。

包圍達也的空氣，黏性增加到如同重油。

達也的右手食指按下仿造為扳機的ＣＡＤ開關。

不是將纏繞身體的空氣吹散。

是消除讓空氣增加黏性的魔法，取回身體的自由。

達也左手向前伸直。

不是握拳，是手心向前。

手指併攏朝上的左手掌，打向「看似無人」的空間。

響起一個聲音。

不是手套打中布製護手的聲音。是如同金屬槌子與盾牌相互敲擊的尖銳聲響。

如同被聲音震開，「透明」的薄霧消散了。以右手臂防禦達也左掌的八雲現身。

達也向後跳。

八雲握在左手的苦無劃破他的殘影（註：苦無是忍者使用的小型武器，狀如短劍）。

達也將右手的「三尖戟」收回槍套，改為不知道從哪裡抽出一把附護手的戰鬥刀架在右手。

要輸出啟動式，裝甲內建的完全思考操作型ＣＡＤ也能代用。比起用慣的手槍造型ＣＡＤ，放開愛用的ＣＡＤ是因應近戰所需。

他選擇拿起利刃。達也判斷無法只以魔法打倒八雲。

八雲咧嘴一笑，射出苦無。

達也不是閃躲，而是以右手的刀打下。

達也「幾乎」沒從八雲身上移開目光。不過當他的雙眼聚焦在緊接著射過來的第二把苦無，八雲隨即從達也的視野消失。

達也將注意力朝向「精靈之眼」。

但是在這一瞬間，達也的「視野」出現九名八雲。

他們在達也周圍奔跑跳躍。

不過實際看見的只有高速道路上的單調風景。

不時有自動車像是避開達也所站的車道般從一旁經過。

「『纏衣蜃景』嗎？」

達也發出這聲細語。

他將想子集中在左手心，然後緊握。

左手向前伸直。

射出的想子彈共九發。

九顆壓縮想子球貫穿八雲理論上所在的實體空間座標。

在情報次元「看見」的八名八雲消失，剩下的一人變更位置出現。

第九人位於達也正前方。

現身的八雲揮下小太刀。

達也以戰鬥刀的刀身接住這一招。

「有一套。」

雙刀交鋒的另一側，八雲揚起嘴角一笑。

藏在頭盔護目鏡後方的達也表情不變。

達也伸出左手。

八雲大幅向後跳，躲開想抓他手腕的達也左手。

「想扭打？只要抓到我，就算我使用幻術也知道我在哪裡是吧？」

即使自己的企圖被清楚點明，達也也沒在護目鏡底下透露焦急的樣子。

達也以滑行般的腳步接近八雲。

八雲的身影搖晃消失。

達也不以為意，刺出右手的刀。

首先產生的是金屬相互摩擦的聲音。

接著八雲現身。八雲將小太刀直豎在身體側邊，讓達也的刀向前滑動。

達也左手伸了過來，八雲以放開小太刀握柄的右手撥開。

達也以右手的戰鬥刀護甲打向小太刀的小小刀鍔。

只以一隻左手支撐的小太刀，從八雲的手中脫落。

達也扔下刀，右手伸向八雲衣領。

八雲舉起右手往下一甩。

他的右手握著小球。

煙霧彈摔在路面破裂。

濃煙擋在八雲與達也之間。

八雲的身影消失在煙霧中。

即使以「眼」來「看」情報次元，也找不到八雲的情報體。

「剛才讓我嚇了一大跳。你看得見我？」

這個聲音聽起來像是來自前方。

也像是來自後方。

像是從前後左右上下等各個方向傳來。

也像是實際上沒聽到的幻聽。

達也原本就沒有要從聲音來源找出八雲的實體。

他的意識注視著現在，同時也回溯過去。

從過去追蹤現在。

重疊在現在的虛假情報，以及累積過去所得到的現在情報。

達也伸直的左拳，八雲以右掌接住。

「有一套。」

八雲出聲感嘆。

自動車開向達也與八雲。看得見駕駛座上驚愕睜大雙眼的駕駛臉孔。

達也與八雲跳向兩側閃躲自動車。

達也在這時候察覺到，至今都是八雲使用幻術誘導自動車，以免妨礙兩人的戰鬥，也理解到八雲一邊和他戰鬥一邊控制車輛駕駛的從容，終於在剛才那一招瓦解。

八雲翻越高速道路的隔音牆。

達也也追著八雲跳下高速公路。

◇　◇　◇

黑羽貢將藤林長正帶到河口湖畔確保的據點之後，遭受到兒子與女兒的強烈施壓。

「父親大人，請說明理由。為什麼不派援軍給達也先生？」

「和我之前好幾次說的一樣。達也已經打倒美軍的非法特務部隊，甩掉機動隊的追蹤。他不需要援軍了。」

「可是他依然還被九重八雲老師妨礙吧？我認為不應該計較是否需要，前去幫他比較好。」

黑羽家動員「千里眼」與「順風耳」的異能力者，掌握達也的現狀。

「千里眼」是遠距離觀看的異能，「順風耳」是聆聽遠方聲音的異能，兩者都只是感知物理信號的能力。他們沒有破解八雲幻術的能耐，但因為達也不時破解八雲的幻術，所以監視的他們也知道達也在和誰戰鬥。

而且黑羽家獲得的情報也逐次回報給本家。相關人員之中不知道事態推移的人，以現狀來說恐怕只有深雪。

「姊姊說的沒錯！」

亞夜子說完，文彌接著以強硬語氣進言。

「達也哥哥現在最大的敵人是時間。比起勝負，達也哥哥肯定更希望儘早突破戰局！我認為我們去幫忙絕對不是白費力氣！」

「文彌，確實如你所說，達也現在真正的敵人是時間。不過以『現實敵人』身分擋在他面前的是號稱當代最強忍術使的男人，不是人愈多愈好應付的對手。你去了反而可能會妨礙達也。」

面對文彌的抗議，貢以乍看嚴厲又中肯的理論試著駁回。看文彌心有不甘的表情，這套理論似乎順利奏效。

「父親大人，我不這麼認為。」

但是無法讓亞夜子接受。

「九重老師是忍術使。『忍術』拿手的領域是精神干涉系的幻覺魔法。在精神干涉系沒有天分的我就算了，精神干涉系魔法天分優秀的文彌肯定幫得上達也先生。」

「這妳說的或許沒錯，可是……」

貢基本上很寵兒女。比任何人都看好兒子與女兒的能力。

老實說，他也認為文彌可以對抗八雲，所以亞夜子的理論戳中內心真正想法的時候，由於對方是女兒，所以貢很難否定。

「而且我們家有很多承襲甲賀的『忍術使』。即使文彌一個人負擔太重，只要父親大人出借部下，至少應該可以牽制九重老師。」

這也和貢心底想的一樣。

「不行。真夜小姐——本家的當家禁止這麼做。」

他不知該如何回應，終於落得說出真正的理由。

「當家大人？」

亞夜子與文彌異口同聲。

「為什麼？」

這也是兩人同時發問。

「……我沒深入知道理由。」

從貢的聲音感受到些許不滿，文彌明白父親真的不知道理由。

這也不是出於父親本意吧。文彌得以理解這一點，所以沒能繼續追究。

但是姊姊——亞夜子不一樣。

「這樣啊。那我直接向當家大人請教理由。」

「姊姊？」

文彌想阻止亞夜子的這個「暴行」。

但是貢沒阻止女兒的這份「任性」。

「也對……如果是亞夜子，當家或許也願意說真話。」

「父親大人，謝謝您的許可。那我去打電話。」

亞夜子說完起身。

「姊姊，等一下啦！」

文彌也連忙起身跟了過去。

◇　◇　◇

達也與八雲跳下高速道路，降落在某間普通科高中附近。校區綠意盎然，操場也大。八雲引導達也前往該處。

但他不是一邊逃一邊引導，而是一邊在絕妙時機攻擊一邊逃走。達也沒辦法無視，被他誘進夜晚的高中。

包括校舍內外，校區內四下無人。

一般來說，現在是即使還有教職員留下來也不奇怪的時間。不只如此，以這個時間來說，還有學生留在校內也沒什麼好訝異的。

不過這所高中大概也因為緊急事態還沒完全解除，所以讓學生與教職員早早返家了吧。說不定還在停課期間，或是已經決定提前放暑假。

不知道是怎樣的決定造成這個結果，只知道現在是這個結果。這所高中校區內現在完全沒人

——至少達也這麼覺得。

八雲大概也一樣這麼覺得吧。達也是入侵校區之後感覺到這一點，但他認為八雲肯定更早就掌握這個事實。

八雲這麼做是顧慮到避免殃及無辜，同時也代表接下來他在技與力都不會放水吧。

達也在這一點也一樣。雖然還不想在真正的意義上認真對決，但在不搏命的範圍來說，他從剛才就沒有手下留情。

不，即使殺了八雲，達也認為自己也應該不會後悔。為了水波殺害八雲，老實說不是達也所

願，達也不認為水波比八雲重要。

但是既然自己與八雲都沒有退讓的意思，就非得考慮到最壞的事態。

而且對於達也來說，比起這個「最壞的事態」，在這裡放棄追蹤是更該避免的選擇。

◇◇◇

「這是贊助者的意思。」

亞夜子打電話詢問禁止救援的理由，真夜沒隱瞞事實如此告知。

『贊助者的意思……嗎？』

螢幕上的亞夜子難掩意外。真夜覺得這也在所難免。贊助者在四葉家工作進行到一半的時候插嘴是特例。最近頂多是在去年的「吸血鬼事件」催促四葉家盡快解決。

何況這次不是「工作」。是四葉家基於傭人的問題，無關於贊助者自行處理的案件。真夜也沒料到會遭受干涉。

「是的。表面上以委託的形式要求『今晚避免進一步出手』。雖然沒叫我們阻止達也，不過會令我猶豫是否要投入新的人手。」

四葉家並非隸屬於「贊助者」，彼此始終是委託人與承辦人的關係，而且不是發包與承包的依賴關係，幾乎處於對等的立場。

只是四葉家在階級上也不是位居優勢。即使實力（暴力）是四葉家占上風，權力與財力也是贊助者那邊稱勝。既然贊助者以「委託」的形式放低姿態，真夜也無法拒絕。

『……意思是要拋棄水波小姐嗎？』

「贊助者的要求始終只限於『今晚』。我可不打算拋棄水波。」

『──恕小女子失禮。請原諒。』

「我也理解妳的心情，但是無法准許你們今晚出動。」

『遵命。』

「文彌也沒問題吧？」

『是，當家大人。』

真夜也向畫面上的文彌叮囑一聲之後，結束和亞夜子的通話。

「話說回來……真的不知道那幾位在盤算什麼……」

在真夜背後待命的葉山，以自言自語般的語氣搭話。

「果然是比較想將國內的寄生物一掃而空吧。」

「但是屬下認為與其放他們逃到國外，全部消滅比較快。」

其實真夜對贊助者這個指示感到不滿的程度不輸亞夜子。

「或許那幾位認為處理九島光宣花費太多時間了。」

「既然這樣，那他們明講不就好了？」

真夜發出像是少女鬧脾氣的不滿，葉山禮貌保持沉默。

◇◇◇

開戰的暗號是隨風飄散的樹葉。

山毛櫸、枹櫟、山櫻。種植在操場角落的樹木，即使現在是盛夏，明明依然翠綠毫無泛紅的部分，葉子卻像是切碎般從樹枝片片飄落。

不自然的落葉與不自然的風。

面對捲著漩渦逼近的綠葉群，達也大幅向側邊跳躍。

沒能完全躲開的葉子擦過達也手臂劃下一條線。

材質很薄卻具備防割防彈效果的「解放裝甲」被樹葉劃破。

日文的「葉」與「刃」同音。大概是利用言靈的「類感咒術」應用版吧。

經過的樹葉群大幅迴轉，再度襲擊達也。

達也的身體覆蓋耀眼的想子光。

接觸型「術式解體」。

這是昔日讓達也陷入苦戰，十三束鋼的拿手招式。達也以操作想子的技術創出類似的技術，效果等同於十三束源自體質的這個特殊技能。

接觸想子裝甲的風失去力道，樹葉失去「刃」的性質落地。

（「木遁術」——「葉隱」的變化型嗎？）

達也解除想子鎧甲，搜尋八雲的氣息。

不使用「精靈之眼」。從剛才的戰鬥也知道，八雲擁有欺騙「精靈之眼」的方法。依賴過度的話很危險，恐怕反而中了八雲的道。

達也的知覺不是捕捉八雲的位置，而是捕捉魔法發動的跡象。

位置在腳下。

達也當場大幅向後跳。

他的身體還在空中，散落在地面的樹葉就一齊燃燒。

即使依然清翠，卻像是乾燥枯葉點燃般旺盛。

（依照五行相生法則的「火遁術」嗎？）

五行相生，木生火。將「木生火」這句話強制套用在現實，使得含水的綠葉如同枯葉燃燒。

這或許也可以稱為言靈魔法。

即使樹葉燒盡，火也沒熄滅。沒挾帶可燃物，以物理來說不可能存在的魔法火焰追向達也。

這不是現實的火焰。

這是火焰的幻象。

但是達也知道，一旦碰觸這股火焰，皮肉將會燒焦。

達也將壓縮的想子砲彈砸向火焰。

「術式解體」。沒有實體只有情報的幻象，被想子的暴風吹散。

之所以沒使用「術式解散」，是因為讀取魔法式的程序可能設下陷阱，達也有所提防。

不能說這不是疑神疑鬼。如果八雲的目的是讓達也警戒，藉以封鎖達也的拿手招式，那麼達也算是完全中了他的圈套。

只不過，達也也不是任憑擺布。

（如果是五行相生，那麼接下來是「土」。「土遁術」嗎？）

滅火的達也在即將著地的半空中高高抬起單腳，在著地的同時猛烈跺地。

從鞋底擴散的想子波撼動地面。

當飄落的樹葉灰燼化為「土」，開始藉由接觸進行「感染」的魔法式，便遭受想子波的衝擊粉碎消散。

『居然看穿「五遁連鎖之術」，漂亮。』

不知來自何處的八雲聲音在操場迴盪。

雖然第一次聽到「五遁連鎖之術」這個名稱，但是達也的注意力沒被引開。大概是利用五行相生的原理，串連木遁、火遁、土遁、金遁與水遁的魔法吧。達也在預測土遁術的時間點就猜到這個答案。

但他甚至沒將精神資源分配到這段簡短的思考，注意力集中在八雲的所在處。

『但是還沒結束喔。』

八雲這句話聽起來不是虛張聲勢。

達也依照直覺的引導向上看。

無數的針朝他落下。

於是達也全力奔跑，躲開不知以什麼原理讓針尖朝下筆直高速落下的大批長針。

長約三十公分的針接連插入「土」的操場。長度與粗細全部一樣。肯定是一開始就以相同規格製作的投擲用武器。

又粗又長的尖針從頭頂來襲，達也以閃憶演算斷續發動自我加速魔法全部躲開。

但是達也毫無喘息餘地。插在地面的針還「活著」。這些針都有魔法發動的前兆。

（釋放系魔法？）

達也無須用「眼」就直覺猜到這是電擊魔法。

（這麼說來，「忍術使」和「陰陽師」不一樣！）

在五行思想裡，雷一般來說屬於木行。金行與木行是金剋木的關係，依照通俗的五行思想，金屬針不會造成放電現象。達也的咒罵是基於這個背景，但他除了無意義的謾罵，也開始進行有實效的應對。

達也以思緒操作裝甲內建的ＣＡＤ，輸出啟動式。

建構魔法式所需的時間是一瞬間。

不是讓魔法失效的情報體分解魔法「術式解散」，是將包含固體與液體的所有物質粉碎的分解魔法「雲消霧散」。

擁有相同形狀的複數物體視為單一群體，成為單次分解魔法的作用對象。達也的分解魔法擁有這個極為優秀的特徵。

從天而降的針都製成同樣的長度、同樣的粗細與同樣的尖銳度，符合視為單一群體的條件。暗藏在針裡的魔法還沒發動，達也的「雲消霧散」就先一步作用於插在地面的針。

千針林瞬間失去形體消失。

同時，儲存在針裡的魔法也強制完結。

為了實行魔法而準備的事象干涉力失去著力點。

事象干涉力幾乎當場消散，卻有一小部分逆流到術士身上。

如果是還沒觀測到事象干涉力真面目的達也，大概會看漏吧。

如果魔法是從五感不能及的遠處施放，無法觀測靈子的達也應該無計可施。

但這次位於視覺所及的範圍。在達也的視野裡，靈子流逐漸聚合在某處。

達也……不，就算是達也以外的魔法師，即使無法將靈子情報體認知為情報體，也可以隱約感覺到靈子的流動。

靈子逐漸回流到術士——八雲那裡，達也確實看清靈子流的終點。

距離約二十五公尺。

在「術式解體」的射程範圍內。

達也不到一瞬間就壓縮想子。

伸直右掌發射。

耀眼閃亮的想子洪流，直接命中矗立在操場一角，一棵特別高大的山毛櫸樹幹。

樹幹側面產生波紋。

如同從混濁的水中上浮，八雲從波紋現身了。

原本面向側邊的八雲轉身正對達也。

不是聲音傳達得到的距離。不過達也的肉眼辨識到八雲的嘴唇說著「被發現了嗎」。

這句細語看起來比玩捉迷藏被鬼發現的孩童更缺乏緊張感。

達也對此沒多說什麼。

他朝著八雲突擊。

◇◇◇

USNA海軍全潛型高速運輸艦「珊瑚號」。在艦內引導光宣他們的人看來不只雷蒙德。光宣與水波由雷蒙德帶頭，兩名士兵與一名女軍官在背後監視，沿著寬敞通道走向船尾。女軍官是STARS一等星級隊員的寄生物佐伊．斯琵卡中尉。

和一般潛艦的狹窄形象相反，「珊瑚號」內部相當寬敞。內部空間的設計或許比豪華郵輪更有彈性。

「這裡是光宣的房間，她的房間在隔壁。房門可以從裡面上鎖，但是沒有外部上鎖的功能，不好意思。」

「我不奢求。光是分得到個人房就感激不盡。」

雷蒙德看起來毫無歉意，光宣刻意在語氣加入謝意回應。

「其實讓兩位同一個房間或許比較好。」

「沒那回事。」

對於雷蒙德這句風涼話，水波表情像是戴面具般不為所動，光宣冷淡回應。

「啊，不過既然無法從外面上鎖，也代表無法從外面開鎖。只要上了鎖，在裡面做什麼都沒人知道喔。」

大概是將兩人的反應解釋為遮羞，雷蒙德笑嘻嘻補充這段話。

「不可能。怎麼可能連監視器都沒有。」

光宣聲音的溫度下降。他刻意沒隱藏不悅的心情。

光宣與水波是外人。在軍方艦艇裡，他們不可能不受監視。雷蒙德說無法從外面開鎖，光宣認為這肯定也是假的，他實在不認為美軍好心到這種程度。

「不不不，我說真的。因為你們不是俘虜，是客人。不會做出偷窺這種失禮的舉動。」

光宣原本想將雷蒙德的戲言當成耳邊風，卻改變想法要利用這番話的語病。

「既然把我們當成客人，至少告訴我們目的地好嗎？」

光宣還沒從雷蒙德的口中問出這艘艦──光宣自己與水波的目的地。

「當然沒問題。」

雷蒙德理所當然般點頭。

斯琵卡中尉與兩名士兵都沒制止雷蒙德。光宣心想，看來至少表面上確實沒將他們兩人當成俘虜。

雷蒙德看起來沒察覺光宣的疑心。

「這艘艦的目的地是珍珠與赫密士環礁的海軍基地。」

他很乾脆地告訴光宣。

◇◇◇

達也踏到八雲的跟前。左勾拳是假動作，右手上勾拳打向八雲身軀，八雲以左手肘擋下。

達也張開右拳滑行，要抓住八雲的右手。雖然隔著手套，但確實傳來碰到八雲手臂的觸感。八雲無疑位於達也面前。

即使如此，達也背部卻遭受強烈衝擊。

達也失去平衡往前倒，八雲的右手瞄準他的頭部。如同從後方繞過來的這一掌，從頭盔底下視野的死角攻擊過來。達也一半以上依照直覺將頭轉到右斜前方。

沒能完全躲過攻擊，八雲張開的右手擦過頭盔。

達也沒違抗衝擊，朝轉頭的方向翻一圈，一起身就扔下頭盔。剛才那一招的威力足以貫穿頭盔。不對，威力已經貫穿頭盔。

八雲剛才那一招，用鎧甲或頭盔都擋不住。面對貫穿裝甲的衝擊，頭盔就只是遮蔽視野的阻礙。達也瞬間理解這一點，所以自行脫掉頭盔。

露出頭部的達也，以超過剛才的速度踏入八雲的攻擊範圍。他揮出的左刺拳穿過八雲臉孔。

不是以毫釐之差躲開。

是幻影。

達也在左刺拳揮到底之前停止，張開手心向下。

就這麼將左手往下揮。

左手碰到八雲的工作服。幻影解除，八雲的實體現身。

達也抓住八雲工作服右襟的鎖骨位置。

達也準備以左手指尖發動分解魔法。他要在左手碰觸的部位使用「分解」穿孔，對八雲的身體造成傷害。

但他還沒發動魔法，一股橫向衝擊就襲擊達也右臉。

達也不由得放開左手，和八雲拉開距離。

同時八雲也後退到背靠後方山櫻樹的位置。

「危險危險。這下子不能貿然接近了。」

八雲以不再從容的語氣呢喃。看來剛才的攻擊讓八雲相當吃不消。

但是達也這邊連出聲的餘力都沒有。

（剛才的衝擊是什麼？）

達也沒能認知到剛才對他造成傷害的攻擊。

（不是使用左手的打擊。我剛才有看見九重八雲的左手。）

（右手沒辦法從那個姿勢以那個角度攻擊。）

（也不是腳。我有看見左腳，右腳比右手更不可能從那個角度出招。）

「……『直結痛楚』嗎？」

達也不禁說出自己推測的結論。

精神干涉系魔法「直結痛楚」。不經由肉體，直接給予精神痛楚的魔法。

（除了文彌，還有人會使用？）

「直結痛楚」是達也的遠房表弟黑羽文彌擅長的魔法，達也沒聽過文彌以外的使用案例。達也以為這個魔法是只有文彌能使用的一種先天異能，然而這是……

（……是我誤會了嗎？）

「不太一樣喔。並不是『直結痛楚』。」

八雲在看透達也疑惑般的時間點向他搭話。

「剛才的法術叫做『欺身暗氣』，是千真萬確的忍術。不過在忍術之中也被列為奧義之一就是了。」

「『欺身暗氣』……」

「雖說是奧義，但構造很簡單。給予對方『遭受攻擊』的幻覺，屬於幻術的一種。你看，有個在催眠術之類的領域很有名的例子，受測者被下了『燒紅鐵棍按在身上』的暗示，皮膚就出現紅腫起水泡的現象。而『欺身暗氣』是不經過催眠導入程序，也不使用話語，只注入鬥氣造成這種現象的招式。和『直結痛楚』不同，覺得痛的始終是肉體。不過只要沒破解幻術，這份痛楚就不會消失喔。」

說完這段話的同時，達也腹部遭受衝擊。他頓時喘不過氣，不禁後退半步。

八雲的長篇大論不是為了展露知識取悅自己。是將「欺身暗氣」這個法術的印象加深，藉以提高效果。

達也逼不得已使出「分解」。但是這個魔法在山櫻樹枝產生破綻空虛結束。

八雲這麼高階的忍術使不可能不會使用「替身」。和一般的「替身」不同，八雲的法術會在樹枝留下情報體分身。達也剛才的魔法作用在這個贗品。即使將沒有實體的構造情報分解，也不會反映在實際的物體。

達也自覺內心在焦急而咂嘴。

然後立刻準備對付八雲的反擊。

他預測的攻擊是「欺身暗氣」。

達也將「精靈之眼」朝向自己。

他認為既然是以幻覺給予痛楚，幻術肯定施加在他的肉體。

說起來，情報次元沒有固定的視點。沒有鏡子也能「看見」自己。

達也「看見」情報次元有兩條大蛇從腳邊爬上來，以螺旋狀纏繞在他的身上。大蛇是魔法式的連結。八雲使用的明明是單一幻術，卻是以分成兩組的數十個魔法式建構而成。

達也在身體周圍展開想子鎧甲。

接觸型「術式解體」。

然而魔法式的大蛇沒有粉碎。

也沒被震開。

就只是纏在想子鎧甲周圍。而且幻覺造成的效果滲透到組成鎧甲的想子內部。

達也解除接觸型「術式解體」，發動「術式解散」。

幻覺魔法式這次真的消散了。

為了避免被「替身」矇騙，達也以「眼」尋找八雲的情報體。

發現的八雲情報體共九具。一具是本尊，八具是分身吧。「九重」這個姓氏與九重分身。這是象徵性的符合。

達也不是使用消除分身的情報體分解魔法，而是準備同時朝九具情報體使用「分解」。他可以同時瞄準的數量如今增加到三十二。與其按照兩階段程序先消除分身再鎖定本尊，同時瞄準本尊與所有分身比較確實，不會產生延遲。

然而達也鎖定九具情報體沒多久，幻術大蛇再度來襲。

八雲是老練的戰鬥魔法師，不會遲鈍到靜待達也攻擊。

達也以「術式解散」讓幻術失效。

然後再度將八雲的情報體連同分身掌握。

達也正要以魔法瞄準的時候，幻術再度來襲。

這樣的攻防反覆上演。

恐怕是因為達也與八雲發動魔法的速度完全一樣。

所以八雲一旦取得先機，達也建構魔法的速度就追不上。

八雲無法攻擊，相對的，達也也無法攻擊。

這樣下去沒完沒了。

只有時間逐漸流逝。

而且在這場戰鬥中，「浪費時間」意味著八雲的勝利與達也的敗北。

八雲以幻術襲擊，達也將幻術消除。

只要忙於發動「術式解散」消除幻術，達也這邊就無暇攻擊。

為了破解幻術，達也非得放棄攻擊。

（……為什麼必須破解幻術？）

不同於行使魔法的意志，達也忽然以另一部分的意識這麼想。

（之所以必須破解幻術，是因為中了「欺身暗氣」。）

（因為肉體背負了痛楚。）

然後，他進行逆向思考。

（為什麼不能背負痛楚？）

（即使會痛，實際的運動機能也沒受損。）

（就只是覺得痛。）

（僅止於「感覺」的痛楚，我不是已經習慣了嗎？）

達也的「重組」會將回溯過程中從對方那裡取得的情報濃縮為一瞬間加以認知。在療傷的時候，對方從受傷當時到「重組」發動所累積的痛楚，達也會濃縮為一瞬間再次體驗。

達也至今所治療致命傷的劇痛，是以幾十倍、幾百倍的強度化為自身的體驗。

達也至今將好幾百人的痛楚增幅為幾十倍、幾百倍親自體驗。

（無視於痛楚就好。）

達也這麼想。

一旦下定決心就簡單了。

胸口被貫穿的劇痛襲擊達也。

達也不以為意，發動雙重的「分解」。

包括八雲的本尊與分身，九具情報體右肩關節覆蓋的情報強化層被分解。

本尊與分身都只有該處變得毫無防備。

達也零延遲分解該處的肉體組織。

分解皮膚。

分解肌肉。

分解血管、神經與其他位於直線上的所有組織。

打穿右肩關節，開出小小的洞。

八雲的氣息晃動了。

情報次元的分身消失，剩下本尊。

同時，八雲的身影出現在肉眼視野。

八雲單腳跪地，達也瞬間移動到他面前。

然後以隨時能發動「分解」的手刀抵住八雲喉頭。

「——師父，分出勝負了。」

「——我承認。是我輸了。」

達也眼中的殺氣消失。

「不，是我輸——水波離開日本了。」

剝奪八雲戰力之後，達也重新將「眼」聚焦到水波身上，得知她已經離開日本領海。公海的船上適用船籍國家的主權。民用船船經常無視於這個原則，但在軍用船艦很容易成為國際紛爭的火種。

如今不可能貿然出手。

「這樣啊。」

八雲沒笑。甚至沒露出以往看不透內心的含糊笑容，改為洋溢著大功告成的疲勞感。

「師父。」

達也說著朝八雲右肩伸手。

在八雲身上打穿的洞瞬間消失。

「抱歉啊。」

八雲露出苦笑。

兩人之間回復為以往的氣氛。

「可以請教理由嗎？」

「阻撓你的理由嗎？」

對於八雲的反問，達也默默點頭回應。

「可以喔。」

八雲就這麼坐在地上一口答應。

但他沒有立刻開始說，而是輕聲說著「我想想……」像是在思考說明的順序。

「在這個國家，有一群人極度厭惡『魔』帶來的汙穢。」

「這我知道。」

達也點頭回應。

「不，我說的是你不知道的組織。」

八雲就這麼掛著苦笑搖頭。

「那個組織的成員，沒有從事政府的任何公職，完全沒有公共地位。但他們在這個國家擁有的權力，大概是一人之下萬人之上。」

「也就是國家的幕後黑手嗎？」

「總之，這個認知是對的。我這次是受到這些人的委託而行動。他們委託我盡快將妖魔，將寄生物趕出這個國家。」

「……所以您才會協助光宣逃亡？」

「即使將妖魔封印，那些人也沒給什麼好臉色看。大概是領會到封印遲早會被破吧。他們認為既然無法消滅就該趕走。」

「師父無法違抗那群人是吧？」

達也以酸溜溜的語氣指摘。

八雲也以類似的語氣回應達也。

「東道青波閣下也是那些人的同夥喔。」

達也臉上的表情消失。

八雲臉上的表情也消失。

不自在的沉默坐鎮在兩人之間。

打破沉默的是達也。

「師父您常說自己是拋棄俗世之人，不過……」

在這個階段，八雲大概就知道達也想說什麼了。

他露出今晚最苦澀的笑容。

「原來您依然背負著相當沉重的枷鎖。」

「一點都沒錯。浮世真的總是事與願違。」

八雲置身事外般說道。

達也沒繼續說些什麼，背對依然盤腿坐在地上的八雲踏出腳步。

〔15〕

達也將放置在高速道路的電動機車「無翼」回收（幸好沒被警察運走），騎車返抵調布的大樓時，已經是晚上九點多。

「哥哥，歡迎回來。」

「我回來了。」

深雪來到玄關迎接，和她四目相對的達也感到尷尬。今天攻進光宣祕密住所的計畫，並沒有事先告訴深雪。如今想救回水波愈來愈難，達也剛才騎車的時候一直思考該怎麼說明這件事。

但是還沒得出結論。

到頭來得不出結論。

「哥哥，今天的事情我聽葉山先生說了。」

給達也台階下的不是別人，正是深雪自己。

黑羽貢在那個時間點出現，所以本家當然也早就掌握達也的動向吧，也沒理由瞞著深雪。聽她這麼說就覺得應該早就料到這一點。

「這樣啊……狀況愈來愈嚴苛了。」

「連老師都站在阻礙的那一邊，所以也在所難免。光是哥哥平安回來，深雪就滿足了。」

「這樣啊……抱歉害妳擔心了。」

「不會……」

深雪聲音哽咽。

看見她現在這樣，達也明白這次真的害她擔心了。

達也溫柔摟著深雪的肩膀，帶她到客廳。

深雪坐在達也身旁，將臉埋在他的肩頭一陣子之後，大概是終於平復心情，她靜靜離開達也起身。

深雪眼皮稍微變紅，但達也沒特別提及。

「我去為您準備咖啡。還是您想要紅茶？」

「我想想……現在麻煩給我紅茶吧。」

「知道了。請問是喝熱的吧？」

「嗯，麻煩給我熱的。」

深雪從客廳走向廚房。

莉娜像是和她交替般來到客廳。

「達也，你終於回來了。」

「莉娜，妳一直陪著深雪？」

「算是吧。看你剛才好像很辛苦，不過這邊也經歷一番風波喔。」

「……發生了什麼事嗎？」

達也蹙眉詢問莉娜。

「發生了喔，而且是大事。等深雪回來再對你說。因為深雪應該想親口告訴你吧。」

「這樣啊。」

達也沒有追問下去。

莉娜也不再說話。沉默好像令她不自在，但她自己說過「等深雪回來」，看來她不想反悔。

深雪回到客廳。

「莉娜，睡醒的話要說一聲喔，我沒準備妳的分。」

深雪說的「睡醒」兩個字，使得達也看向莉娜。

莉娜連忙移開視線。

這麼說來，她那頭金髮是解開的，而且有點亂。

看來莉娜剛才在小睡。達也認為莉娜應該不想聽到「是不是我吵醒妳」這個問題，所以沒提到這件事。

「我喝果汁就好。」

莉娜就這麼撇過頭不看達也，故意以若無其事的聲音回應。然後她自行操作遙控器，向家庭自動化系統點了柳橙汁。

放在茶碟上的紅茶杯，深雪以優雅的動作放在達也面前，也把自己的茶放在矮桌，坐在達也的正前方、莉娜的旁邊，家庭自動化系統的非人型機器人隨即端來玻璃杯裝的柳橙汁。

面前都擺好飲料之後，三人重新相視。

「深雪，穗香與美月的事情，妳就告訴達也吧。」

「穗香與美月發生了什麼事嗎？」

達也以嚴肅眼神看向深雪。

深雪沒移開視線。她從一開始就打算把今天的事件告訴達也。

「嗯，其實……」

深雪以此為開場白，向達也說明穗香被抓以及美月差點被抓的事件原委。

「艾莉卡陪著穗香。雖然藥物的影響還在，不過兵庫先生安排的醫生診斷之後，也判斷應該不會留下後遺症。」

「這樣啊……與其說暫且放心，不如說這是不幸中的大幸吧。」

「嗯，真的。如果沒有艾莉卡的直覺，美月也差點遇險。」

「也對。我也向艾莉卡道謝吧。」

「還有琵庫希喔。如果沒有它，我們不會知道穗香被抓到哪裡。」

「嗯。我也會慰勞琵庫希一聲。」

達也點頭回應深雪以及在最後插嘴的莉娜。

然後他將視線固定在虛空。

「……哥哥？」

「嗯？啊啊，抱歉。」

「您在想什麼事情嗎？」

深雪以視線要求達也回答，莉娜也跟著這麼做。

「沒有啦……想這種事可能是我自以為是吧。」

深雪與莉娜的視線都沒離開達也。

達也像是認命般繼續回答。

「不過穗香與美月都只因為是我的朋友就成為敵對軍事勢力的目標。我沒要自虐認為是我害她們遭遇危險。雖然這麼說可能無情，但是要怪那些非法特務以及幕後操縱的ＵＳＮＡ政府。」

「並不會無情！哥哥說的是千真萬確的事實。」

「就是說啊！深雪說的沒錯，要怪illegal MAP與五角大廈！」

兩人氣勢洶洶，達也嚇了一跳。達也也早就猜到深雪會幫忙辯護，卻沒想到莉娜也幫腔。

「我不打算代替USNA扛起責任……卻也覺得不能完全置身事外。」

「意思是你對穗香與美月的生命安全感到責任？」

「今後不保證不會發生相同的事情。」

「具體來說……您想到什麼對策嗎？」

對於深雪這個問題，達也展現相當罕見的猶豫。

不過大概是下定決心，覺得不能一直避而不談吧。

達也看向持續注視他的深雪雙眼做出回應。

「……我在想，總有一天應該將穗香與美月送到四葉家……不，送到我這邊保護。不過前提當然是當事人願意。」

接著他立刻認為這樣回答不夠完整。

「不只是穗香與美月。雫有北山家當靠山所以不必擔心……艾莉卡、雷歐以及幹比古，必要的話或許都應該檢討是否要納入庇護……我一直在思考這種事。」

「我認為可行。」

深雪沒反對達也這番話。假設保護對象只有穗香、美月與艾莉卡，她或許會感到抗拒。因為這也可以解釋為所謂的「後宮宣言」。但是加入雷歐與幹比古的名字就消除了這份疑慮。

「真是堅強的陣容。都可以創立王國了吧？」

莉娜以聽起來不像開玩笑的語氣述說感想。

達也不禁苦笑，但深雪沒附和。

◇◇◇

日本時間七月十六日凌晨，當地時間七月十五日早晨。

載著水波與光宣的全潛型運輸艦「珊瑚號」，抵達西北夏威夷群島的ＵＳＮＡ海軍珍珠與赫密士環礁基地。

〔奪還篇待續〕

後記

為各位獻上新年號「令和」第一本《魔法科高中的劣等生》系列作品。第二十九集〈追蹤篇（下）〉，各位覺得如何？看得愉快嗎？

達也與八雲敵對的構圖，我在本系列相當初期的階段就冒出這個念頭，開始具體構思這場師徒對決是在第十三集〈越野障礙篇〉那時候。第十三集是在二〇一四年四月出版，因此以作者的角度是整整花了五年才走到這場對決。

草案也曾經寫過達也殺害八雲的真正生死戰，不過定稿的劇情演變與結果正如各位所見。要是這兩人之間產生強烈到非得殺個你死我活的情感或過節，我這個作者無法接受，所以即使多少覺得美中不足，雙方在本集沒受重傷就以鬥法分出勝負，我認為是最好的進展。

開頭也提到，天皇陛下於上個月即位，年號定為「令和」。年號這東西在創作上是相當刁鑽的存在……以虛構的近現代、近未來日本為舞台的時候，苦於怎麼處理年號的應該不只我一人。

所以入選到最後沒採用的年號候補被報導出來時，我即使自覺輕率也心懷感謝。只不過身為一介窮酸文人，這則報導是否真的是違反保密義務的產物，老實說真的無所謂。

說到知名的虛構名號，例如「昭和」之於「照和」、「大正」之於「太正」、「明治」之於「明冶」。也有作品將「昭和」置換為「神化」。題外話，虛構年號的唸法，我記得不太清楚。我接下來要寫的作品，預定以「元化」取代「昭和」、以「修文」取代「平成」。這也是真假不明的最終候選名單，所以我沒資格談論保密義務之類的。

話說「令和」要用什麼來取代呢……果然是「榮弘」吧。乾脆學《魔法科》統一為西曆或許比較輕鬆。話是這麼說，不過《魔法科》的世界可沒廢止年號喔。只是沒想過長達八十年分的年號變遷罷了。

這次達也說出可能會被誤解為後宮宣言的那段話，但我沒有讓達也花心的計畫，也沒有讓他重婚的計畫……雖然內心覺得差不多想寫這種劇情了，但是至少在這部系列不會有任何角色出現這樣的劇情。這部分的方針不會變更，敬請放心。

接下來的第三十集正如上次所說是〈奪還篇〉。還沒決定是否分成上下兩集。〈奪還篇〉將會飛離日本，以USNA軍為對手大鬧一場……我自己都擔心劇情能否接得合理，但也相對會努力寫出荒唐無稽的趣味性，敬請期待。

下一集第三十集也請各位多多指教。

（佐島 勤）

國家圖書館出版品預行編目資料

魔法科高中的劣等生. 29. 追蹤篇 .下 / 佐島勤
作 ; 哈泥蛙譯. -- 初版. -- 臺北市 : 臺灣角川,
2020.10
面 ; 公分. -- (Kadokawa fantastic novels)
譯自 : 魔法科高校の劣等生. 29, 追跡編. 下
ISBN 978-986-524-028-8(平裝)

861.57 109012102

Kadokawa
Fantastic
Novels

魔法科高中的劣等生 29
追蹤篇(下)

(原著名:魔法科高校の劣等生29 追跡編<下>)

2020年10月19日 初版第1刷發行
2022年7月25日 初版第3刷發行

作者:佐島 勤
插畫:石田可奈
日版設計:BEE-PEE
譯者:哈泥蛙

發行人:岩崎剛人
總編輯:蔡佩芬
編輯:黎夢萍
美術設計:黃永漢
印務:李明修(主任)、張加恩(主任)、張凱棋

發行所:台灣角川股份有限公司
地址:104台北市中山區松江路223號3樓
電話:(02)2515-3000
傳真:(02)2515-0033
網址:www.kadokawa.com.tw
劃撥帳戶:台灣角川股份有限公司
劃撥帳號:19487412
法律顧問:有澤法律事務所
製版:巨茂科技印刷有限公司
ISBN:978-986-524-028-8
